番所医はちきん先生 休診録二

眠らぬ猫

井 川 香 四 郎

眠らぬ猫

番所医はちきん先生 休診録

二

目次

と触診すら嫌がった。

「〝がはは先生〟なら私もよく存じ上げております」

「えっ？――〝がはは先生〟……」

「山本先生のことですよ。何事にも前向きで、いつも大らかに笑っているから、誰ともなくそう呼んでます」

「そういえば、そうですな」

「蘭方医学にも通じており、私も指南を受けました。とても尊敬してます。先生はなんとおっしゃってますか」

「ええ、まあ……働き過ぎだろうと」

堅固帳によると、桧垣はこれまでも何度か長期療養が必要だったほどの疾患がある。胃腸が弱いとのことだが、顔だけではなく手足にも黄疸が出ているので、肝臓や腎臓も傷めているかもしれぬと、錦は思った。

「山本先生がついていてくれているのならば安心ですが、無理をなさいませんように」

「ありがとうございます。でも、もうすぐ定年ですから、それまでは何とか頑張りたいと思います。後は息子が……」

町方与力や同心の定年は六十歳である。大店の主人などは早ければ、四十そこそこで隠居して、店は跡継ぎに任せて、悠々自適に過ごしているが、下級役人は生涯働かなければ暮らしていけぬ。

人生五十年が相場の時代に、七十歳まで生きるのは、稀なことである。年番方は六十五歳まで働けるし、もっと身分が高くなれば、さらに長く出仕できる。ちなみに幕閣の定年は七十歳である。

「桧垣さんは与力ですし、奉行所への貢献を考えれば七十まで大丈夫ですよ」

慰めるように錦が言うと、桧垣は首を横に振って、

「とんでもない。早く隠居して、家督を息子に譲らないと、あいつもいつまでも……」

ぶらぶらとしていて落ち着かないと、少し不満そうに言った。

「そうですか……でも、ご子息は大体、父親の職を継ぐのが慣例ですよね。定町廻りなら定町廻り、御仕置例繰方ならそれに……親子代々、仕事のやりかたなども学んで受け継いでいるから、見習いを終えればすぐに役に立つと」

「ええ。私はしがない町会所掛り与力ですが、息子に向いているかどうか」

　町会所とは、時の老中・松平定信（まつだいらさだのぶ）が寛政年間に作った〝七分積金（しちぶつみきん）〟の制度により、窮民救済や備蓄、貸付などを行って町民の暮らしを守る所である。町会所は向柳原（むこうやなぎわら）にあり、勘定奉行配下の勘定所とともに、管理運営をしていた。

「近頃の若い者は、どうも地味な勤めが嫌なようでな……もっとも、私もそろそろお払い箱なので、息子も贅沢は言えません。では、錦先生、息子の清太郎（せいたろう）が出仕するようになったら、宜しくお願いします」

　桧垣は一礼すると、そそくさと立ち去った。その足取りは決して軽くはなく、どこか無理をしているように見えた。


　八丁堀の組屋敷の外れの、亀島町川岸通りの方に、桧垣の屋敷はあった。

　ここから一旦、北町奉行所に赴いて、向柳原まで出向くのは、この年では少々難儀だった。もっとも、町会所に行くのは毎日のことではないが、継裃（つぎかみしも）で出仕しなければならない。殿中に向かうのと同じ気構えということだ。

　今日もすっかり日が落ちて帰宅すると、待っていたのは息子の嫁・美奈（みな）であった。清楚で大人しい雰囲気で、いつも微笑みをたたえている。その優しい面差しに、桧垣はいつも心やすらいでいた。

「お義父（とう）様。お疲れ様でございました。今日も寒うございましたね。お湯を溜めておきましたので、どうぞお風呂にお入り下さいませ。温もりますよ」

「済まぬな、お美奈……私の女房がもう少し長生きしてくれれば、おまえに苦労をかけることはなかったのだがな」

「早いものですね。もう七回忌……私が嫁いできて八年になります」

「そうだな。清太郎も三十路を過ぎた。何とか継いで貰いたいのだがな」

父親の仕事を継ぐのを常々、嫌がっている清太郎の言動を、美奈は知っている。ゆえに、桧垣の気持ちも充分に察していた。

「私が悪いのでございます。子供ができませぬゆえ」

「何を言う」

「三年子なきは去れ……とは言われますが、お義父様は何も……」

「バカなことを気にするでない。子ができるかどうかは、神のみぞ知る。私も清太郎が生まれたのは、佐江（さえ）と一緒になって、八年目だった。もしかしたら、今年は恵まれるかもしれぬな、はは」

桧垣が脱ぐ裃を、美奈は実の娘のように受け取って、綺麗に折り畳んだ。すぐに湯船に浸かることができるように、湯を揉んで柔らかくすると言う美奈に、

「そこまで気を遣うことはないぞ。それより、清太郎は今日も出かけたままか」

と心配そうに屋敷内を見廻した。

「はい。旗本や御家人の集まりとかで」

「ああ、また〝陽春庵〟に出向いているのか」

「だと思います。いつも、世の中の様子とか御政事のあり方に不満ばかり言っている清太郎さんが、この集まりから帰ってきたときは、爽やかな顔になっております。よほど楽しいのだと思います」

〝陽春庵〟とは、禅宗の教義をもとにした高徳な仁政を目指す思想を掲げた講義を、月に何度か行っている私塾である。

塾頭は、元は京の大徳寺で住職をしていた宗覚という僧侶だ。老中・水野忠邦に請われて、幕府の学問所の教授に就くはずだったが、林家の反対にあって自ら辞退した。しかし、数人の小普請組など無役の旗本に講義をしているうちに、十人が二十人と集まり、いまや五十人余りの者が学んでいる。

――志を高く持ち、仁徳溢れる政事を行うこと。

を使命と思い、お互いに意気に感じながら、若い旗本や御家人が、いずれ役人として実践するために刻苦勉励しているのだ。無役の者ばかりではなく、役職にある者も、刺激を受けるために参加している。

このことは、幕閣でも評判になっていて、特に老中の小笠原能登守（おがさわらのとのかみ）などは、この私塾の動向を窺っていた。人材登用が狙いではあるというが、幕政批判をする者を排除するためだとの噂もあった。

「さようか……幾つになっても学ぶということは良いことだ。私もまだまだ知りたいことがある。老いて学べば死して朽ちず、というからな。そうありたいものだ」

「いえいえ。お義父様はご立派でございます。清太郎様も尊敬なさってます」

「嘘はいけないな、美奈……あいつは、私のことが何故か嫌いでな。近頃は顔を合わせても口もきかぬ。小さい頃は潑剌としてて、可愛らしかったのだがなあ、はは」

自嘲気味に笑ってから、ふと床の間を見やって首を傾げた。

「――掛け軸と壺はどうしたのかな」

「あ……清太郎様がまた……私は止めたのですが、〝陽春庵〟の学費が足りないとのことで、質屋に持っていきました」

申し訳なさそうに美奈が答えると、桧垣は溜息混じりに、

「そうか。ならば、致し方ないが……」

と言いながらも、財布から金を取りだして、一両小判を手渡した。

「これで買い戻して来なさい。先祖が時のご老中から拝領したものだ。質流れにされては困るのでな」

「でも……」

「いいのだ。これからは、私に直に言うように伝えておくれ」

桧垣が優しく言うと、いきなり廊下から声がかかった。

「それこそ、私に直に言って下さい」

廊下に立っていたのは清太郎である。三十路過ぎとはいえ、どこかやさぐれたような雰囲気の若者だ。父親を見下ろすほど背丈は高く、体つきも偉丈夫だが、優しさの欠片もなさそうな態度だった。

「なんだ、いたのか……」

「息子の嫁といちゃつくのは、やめて下さいませんかね。外でも、そんなふうだか

ら、妙な噂も立ってますよ」

清太郎が無表情のままで言うと、美奈の方が矢面に立つように、

「何を言うのです。お義父様に無礼ですよ」

「おまえもだ、美奈。桧垣家のご新造は、主人よりも舅に尽くしている。ふたりはできているのではないか、とな」

「はしたない。そんな噂など、あなたがキッパリと否定して下さい」

「ならば……」

ひしと美奈を抱き寄せた清太郎は、乱暴な態度で、

「父上の前で、俺たちの方が仲がよいことを証してやろうではないか」

と強く抱きしめようとした。

「——おい……」

桧垣がやめろと手を伸ばそうとした。すると、美奈が清太郎を突き放して、

「いい加減にして下さい。どうしたのです。何があったのです。あなたは、そんな人ではないはず。何がご不満なんです」

と桧垣の方に近づいた。

「なるほど……そういうことか」

「清太郎様ッ」

「勝手にどうぞ。私は私で、自由気儘(きまま)に生きていきますゆえ」

苛立たしげに言うと、清太郎は廊下を立ち去ろうとした。途端、桧垣はゴホゴホと咳き込んで、その場に跪(ひざまず)いた。

「お義父様、大丈夫ですか」

美奈が心配そうに背中を撫でるのを、廊下の端から振り返った清太郎は、

「ふん。わざとらしい」

と吐き捨てて玄関まで行き、そのまま屋敷から出ていった。

二

わはは、がはは——と大声で笑う声が表通りまで聞こえている。

山本宝真の診療所は、とても町医者とは思えぬ陽気な雰囲気が漂っている。中には大怪我をした者や重篤な患者もいるが、宝真の恵比須様のような風貌や特有の冗

談めいた口調で、患者も思わず笑ってしまうのである。

「先生のそのふざけた言い草は、腹が立ちますが、命が一年延びた気がします」

患者も気心が知れた仲間のように言い返すと、それにも宝真はさらに突っ込む。

「おまえの名は、亀三（かめぞう）だから、三万年生きるに違いない。せいぜい人に迷惑をかけず、嫌われないように暮らすんだな、がははは」

「そりゃ言い過ぎでしょ。あっしは誰にも迷惑をかけたことなんか……」

「かけてるじゃないか。おまえがつまらぬ怪我をしたために、俺はただで診察しなきゃならないし、他の患者を待たせるし、第一、休んで仕事先に迷惑をかけてるじゃないか」

「あっ、違えねえ」

亀三という怪我人は足腰に晒しを包帯のように巻かれて、杖を突いて立ち去った。入れ違いに入ってくる婆さん、さらに子供、病気がちな若い女、咳を繰り返している初老の男らが次々と宝真に診て貰い、機嫌をよくして帰るのだった。

——笑いが病を吹っ飛ばす。

ような気持ちにさせられる町医者だが、若い頃は儒学者としても知られていたとは、あまり近所の者は知らない。

　一段落付いたとき、入って来たのは、錦であった。その顔を見るなり、

「おお。これはこれは、〝はちきん先生〟ではないか」

　と恵比須顔がさらにニコリと崩れた。

「噂には聞いておるぞ。北町奉行所の与力や同心を悉く虜にしているとな」

「先生……私にまで冗談は言わなくてもいいですよ」

「本当のことだ。俺も是非に、診て貰いたいものだ。あはは」

「たしかに医者の不養生と言いますからね。先生、こんなに根詰めて働いていると、患者さんより先に逝きますよ」

「そのときには、おまえさんが看取ってくれるかのう。最期に一度くらいは、しっかりと手を握って欲しいものじゃ。がはは」

　まだ五十過ぎのはずだが、白い口髭に総髪の頭にも白いものが混じっているせいか、実際よりも老けて見える。本人は貫禄をつけているのだと言い訳をしているが、錦が見立てたところでは、かなりの〝重労働〟を自分に強いているせいであろうと感じていた。

しかも、貧しい者たちからは薬代も取らない。町名主や大店からの寄付で持っているようなものだ。古びた長屋の一室で診察をするのも金に恵まれていないからであった。

「で、なんだね、錦先生……深川くんだりまで。足を運んでくれたのは、有り難いが、おまえさんが来ると、ろくなことがないから、ちと胸がざわつくわい。はは」

「ざわつきついでに訊きますが、桧垣巧兵衛さんのことです、北町与力の……」

「あ、そういうことか……」

何かを察したように、宝真は短い溜息をついた。その表情に、錦の方もよからぬ予感が当たったと勘づいて、

「やはり、芳しくないのですね。達者伺いで見立てたのですが、おそらく肝の臓がかなり腫れていたようなので、気になって病状を訊きにきたのです」

「ふむ……」

「本人は何も言わないものですから……もちろん、患者の病のことを、先生が人に話すわけにはいきませんが、これは番所医との共有ということにして頂けませんか。私も他言は致しません」

真摯な態度で接する錦に、宝真も珍しく真顔になって、

「おまえさんのことは信頼しているから、いらぬ心配は無用だ。実は、機会を見計らって話そうと思っていたのだ」

「はい……」

「おまえさんの見立てどおり、桧垣さんは肝の臓の中でも、血道が集まっている所に大きな腫瘍ができておる。蘭方の外道をもって切開もできぬとこだ。他の部位ならば、肝の臓は丈夫だし再生もするから、思い切った施術ができるのだが」

「そうですか……では……」

「もって三月。早ければ一月であろうな」

残念そうに言う宝真に、錦は冷静な顔で頷いた。もはや手の施しようがないということは、錦も感じていたのだ。

「どうするつもりだね、錦先生」

「……」

「当人に本当のことを話して、残った命を大切に過ごさせる手もあるが、衝撃のあまり余計に苦しむ者の方が多い。定年間近な年だとはいえ、綺麗に後片付けをする

気持ちなんぞには、なかなかなれぬぞ」

「はい。でも……」

「でも？」

「桧垣さんは自分の体のことを、承知しているのではないか。そんな気がするのです」

「ほう。だから、命火（いのちび）を意義あるものにしてやりたいとでも」

「そんな偉そうなことは……けれど限られた命ならば、定年までこれまでどおり出仕させるよりも、別なことをさせてあげたい……そんな気がしたものですから」

錦が相談したかったのは、このことかと宝真は察して、

「なるほど。おまえさんらしい……だが、いつもと変わらぬまま、勤めをまっとうするのも悪くはないと思うがな」

「そうでしょうか。人には悔いていることの、ひとつやふたつあるはずです。町奉行所のように、毎日毎日、色々な事件に対処していると、自分のことは疎かになり、後廻しになります」

「うむ……」

「それを満たしてあげるのも、番所医の使命だと心得ておりますので」

しっかりとした意志をもって話す錦に、宝真はいつものように、「わはは」と大笑いしながら手を叩いた。

「まだ若いおまえさんにも、悔いてることがあるのかな」

「えっ……私は別に……」

「桧垣さんをほっといたら、それこそ、おまえさんが悔いることになりそうだな。近頃、よく俺の所に碁を打ちにくるのだが、たしかに悩んでいる様子だ」

「悩んでいる……」

「かなりの腕前だが、手筋を間違えてばかりだ。いや、わざと違う手を打っているようにも思える」

錦はじれったそうに目を細めて、

「先生、禅問答より、答えを教えて下さい」

「そんなのは俺にも分からぬよ。ただ、碁を打ちにくるのが目的ではなくて、深川の大横川を渡った先……猿江の御材木蔵辺りによく行ってるようだ。あの辺りには貧しい者たちが、肌をくっつけ合うように暮らしておる」

「桧垣さんがそこに……何をしにでしょう」

「さあ、知らん。おまえさんが行って確かめてみるがよろしかろう。今日も非番だから、来ているかもしれんな」

宝真はそれだけ言うと、午睡をすると言ってゴロンと寝そべった。昼からも患者が行列をなすから、ひとときの休息である。

錦は深々と頭を下げると、おもむろに立ち上がるのだった。

猿江御材木蔵の周辺は、深川の町並みからもかなり離れており、田畑がほとんどだった。小名木川と交わる堀川の一角に、掘っ立て小屋が数棟並んでいて、いくつかの世帯が寄り添って暮らしていた。

老人から、若夫婦、十数歳の少年から、小さな子供や赤ん坊が、ごちゃごちゃと入り交じっているせいか、とても賑やかである。いや、賑やかと言えば聞こえがいいが、わめき声や泣き声、時々、起こる怒声などは、生活振りの大変さを感じる。

その様子を――対岸から釣り糸を垂らしながら、ぼんやりと見ている着流しの侍がいた。桧垣である。

「……」

釣りをしているのは格好だけのようで、どうやら、その小さな集落の様子を見ているようだった。だが時折、嗄(か)れた咳が出て、辛そうに胸から腹の辺りを撫でていた。

「お侍さん。引いてるよ」

いきなり後ろから声がかかった。

振り返ると赤ん坊を背負った十五、六歳の少年が立っている。男の子というより、若い衆らしい体軀で、顔だちもしっかりしている。背中の赤ん坊は少しぐずっているが、あやすように体を軽く揺すりながら、

「ほら。引いてるって。結構、強い引きだよ」

「え、ああ……でも、餌なぞ、付けてないのだがなあ……」

桧垣は独り言を呟きながら、エイヤっと適当に引き上げると、黒光りしている太い鰻がかかっていた。大暴れしているが、とっさに桧垣は自分の方へ竿を立てて、慣れた手つきで鰻を摑んだ。ぬるっと滑りそうだったが、首根っこあたりを巧みに絞めて、一瞬のうちに気絶させて地面に落とした。

「おおっ――凄いなあ、お侍さん……」

「なに。まぐれだ。塵芥でも引っかかったのかと思ったよ」

「その鰻、俺に、くれねえかな」

「えっ……」

「美味そうだから。開いて焼いて、食わしてやりてえと思ってさ……あ、おっ母さんが病で寝込んじまっててね」

「そりゃ構わないが……こんなものでいいのか」

「こんなものって、凄いじゃないか。俺たちにとっちゃ、ご馳走だ。俺も竹筒で仕掛けを作ったりしてるんだけど、たまに引っかかるのは、筆みたいに細い奴ばかりでさ」

「ああ、なら、持って行きなさい」

桧垣は、手拭いで鰻を縛って吊し、持ち運びやすいようにしてやった。

「ありがてえ。感謝するよ」

少年は微笑みかけて、桧垣から受け取った鰻を嬉しそうに眺めてから、小走りに立ち去ろうとした。が、止まって振り返り、

「俺は漢次（かんじ）ってんだ。あのオンボロ長屋に住んでる」

と指さした。

釣りをしながら、桧垣が見ていた集落だ。思わず何か言おうとしたが、

「そうか……おっ母さんに精を付けてやりなさい」

「鰻なんかより、薬が欲しいところだけど、この肝だって体にいいらしいからね」

「ああ、そうだな……背中の子は、弟かい。子守りも大変だな」

「違うよ。捨て子だよ」

「――捨て子……」

「三日ほど前に、家の前に木箱に入れて捨てられてた。犬猫じゃあるまいしよ。でも、まあ、弟みたいなもんだ。俺も捨て子だったからね。おっ母さんには感謝しかねえ」

「じゃ、おっ母さんは……」

「血が繋がってねえよ。だって、おっ母さんも捨て子だったらしいから。あはは、まるで捨て子村だな。これ、ありがとうな」

漢次と名乗った少年は、実に嬉しそうに小走りで駆け去ると、小さな橋を渡って、掘っ立て小屋のような集落に向かっていった。

ふいに、桧垣の脳裏に、赤ん坊を抱えた女の姿が浮かんだ。

継ぎ接ぎだらけの貧しいなりで、腕と背中には赤ん坊、その両側には数人の年端もいかぬ子供らを連れている。

「――どうか……この子たちを助けてくれないでしょうか……みんな、親の勝手で、捨てられた子ばかりなんです……ご覧のとおり、私たちだけでは、到底、育てるのは難しいので……どうか、お役人様……」

悲痛な顔で訴える女の顔はハッキリとは覚えていない。覚えているはずがない。その顔を見ようともしなかったからだ。

「……ふう」

小さな溜息をついたとき、掘割沿いの道を歩いてくる錦の姿が見えた。不思議そうに首を傾げる桧垣に、

「やはりここでしたか…… 〝がはは先生〟に聞いて来たんです」

「いや、どうして……」

「せっかくの大物、気前よくあげてしまいましたね」

「見てたのですか」

「それより、どうして、あの集落のことが気になるのです。非番のときには、よく来ているとか……差し支えなければ、聞かせて下さいませんか」

「……」

「ちょっと昼酒でもやりながら」

「──錦先生のような美人に誘われると、断るわけにもいきませんな。でも、気をつけておかないと……」

「え……？」

「奉行所の者に見られたら、逆恨みされかねないね」

桧垣は冗談を言いつつも、寂しそうな笑みを返した。錦が来た狙いもすべて承知しているような、穏やかな態度であった。

三

蕎麦屋といっても、近くの普請場の人足らが立ち寄るような、がさついた店だった。奥にある狭い小上がりに陣取って、錦は率直に桧垣に体調を訊いた。

「今日は調子がいいですよ。歩けるときには、歩こうと思いまして、遠出をね」

桧垣はポツリと言った。天抜きという、蕎麦のない汁だけの丼に、海老の天麩羅などがひたっているのをアテに、杯を傾けている。

「さっきの子供たちを見てると、こんな贅沢しててていいのかと思いますが……」

と言いながら、桧垣は酒を啜るように飲んだ。

その顔をじっと見つめている錦に、桧垣はやはり寂しそうな微笑みを返して、

「肝の臓が悪いのに酒なんか……って思ってるのでしょうが、誘ったのは先生だからね。いいです、別にもう……」

「きちんと処方すれば治りますよ」

錦は内心とは違って、思わず慰めを言ってしまったが、桧垣の方があっさりと、

「治りません」

と返した。

「私も長い間、生きてきた。色々な人間を見て、様々な事件に遭遇した……町会所掛り与力なんてのは地味な仕事ですが、年に二万両も三万両も扱う役所です。金の集まる所には、人間の欲も蠢いてるからね……中には重い病の人間もいますから、

自ずと……」

「では、私も正直にお伝えします」

「ええ……」

「桧垣さんは誰にも恥ずることのない、立派な役人人生を送られてきました。奉行所に残っている色々な記録でも、そうお察しします。ですが誰でも、一度きりの人生ですから、何かやり残したこととか、悔やんでいることで取り戻したいことかあると思います」

「私にもあると……？」

「なければいいんです。もし、あるならば、私が少しでも手助けしたいと思いました」

「錦先生が、手助け……」

吃驚（びっくり）したような目になって、桧垣はまじまじと錦を見てから、ぐいっと杯を空けた。手酌で注いで、もう一杯飲んでから、

「医者のあなたが手助けするとは……もう手の施しようがない私に、一体……」

「私はあなたの病を治すことを諦めたわけではありません。これでも、長崎で蘭方

医学も深く学びましたし、できる限りのことをするつもりです。ですが……」

「ですが……」

「治療の結果がどうであれ、桧垣さんには悔いのない人生を全うして頂きたい。こうして、患者に寄り添うのも医者の務めですから」

「なるほど……医は仁術、ですか」

皮肉ではなく、桧垣は納得したように素直に頷いた。

「せっかくのご厚意ですから、甘えてみましょうかね。先生のその顔を見ていると、もうすぐ死ぬのを忘れるくらい癒やされる」

「……」

「悔やんでいることは色々あります。役人として、何ひとつ間違いは犯さなかった。ですがね、先生……役人が間違いをしないってことは、実は何もしてないのと同じなんですよ」

「そうは思いませんが……」

錦は、人の役に立つのが役人で、縁の下の存在であることも承知している。

「私たち役人が……特に町会所詰めの者たちは、一日の終わりに何と言うか、ご存知ですか……今日も何事もなくてよかった……それがみんなの合い言葉です」

「いいことではないですか。平穏無事が一番ですからね」

「ええ。私たちが平穏無事ということは、誰かが困っている、ということです」

意味深長なことを言って、桧垣は格子窓の外を見やった。少し離れているが、堀川の向こうに、先程の集落が見える。

「私は……あの集落の孤児たちを捨てた……」

桧垣が意外な科白（せりふ）を発したので、錦は思わず目を見張った。

「捨てた……どういうことです」

「さっき、私から鰻を持っていった漢次って子が、あの時の子かどうかは分からない……でも、そうだとしたら、あの子がまだあの掘っ立て小屋のような所で暮らし、おっ母さんなる女が病に臥しているのは、私のせいだ」

錦は黙ったまま、桧垣が次に何を話すのか待っていた。

「先生……私たちがこうして酒を飲み、蕎麦を食ってるのに、あの子たちはまるで泥水を啜るように暮らしてきた」

「……」

「そう仕向けたのは、私です」

「なぜ、そんなことを言い出すのです。訳を知りたいです」

訊き返す錦に、桧垣はいたって真面目な顔つきで、訥々(とつとつ)と答えた。

「——もういつのことかは忘れました……何度もあったことです」

「はい……」

「赤ん坊や小さな子供を連れた母親が、町会所まで訪ねてきました……『この子たちを助けて下さい。捨て子なんです。親が誰かも分からないです。自分たちだけでは、どうしようもできません。どうか助けて下さい』……そう言ってよく来てたんです」

桧垣は遠い目になって、また集落の方に目を移しながら、

「あの村から来たと名乗った女もいました……町会所は、ご存知のとおり、貧民救済を第一の目的に作られました」

町会所は、江戸中の町から集められる七分積金を扱うため、勘定所御用達の御用商人、町名主や地主という〝座人(ざにん)〟によって運営されている。窮民救済や厚生のための施設でもあるが、実際の役目は各町々への貸し付けや雑費の運用である。つま

りは、公の貸し金業者みたいなものだ。

「ですから、当初の狙いよりも、江戸中の町名主が集まって、何処の町にどれくらい廻すか、それをどんな商売にあてがうか……というのが主な仕事になってきますからね。私ら与力は、いわば町名主たちの折衝役です」

「……」

「表向きは、『身寄りもなく、頼る親戚もいない者だけに、金を貸す』ことになっている。でも、実際は、有り余った金を別に運用するために使われているのです」

「そうでしたか……」

「しかし、それもある程度は仕方がない。町会所に大金を拠出しているのは、それこそ大店がほとんどだからです」

桧垣は自嘲気味に言葉を洩らして、

「その金の出入りの間違いがないようにするのが、私たちの役目です。だから、今言ったような親子連れが来ても、私にはどうしようもない。町奉行所に直に訴えろとか、目安箱に文を入れろとしか言いようがない」

「つまり、相手にしなかった……ということですね」

「一度でも金を貸したら、江戸中のあちこちから、金を貸せってくるでしょう。だから、もし援助するとすれば、その親子が住んでいる町の名主らが申し出てきて、必要に応じて分配するしかない」

「……」

「実際、火事や地震、疫病が流行ったときなどは、町会所から援助が出ています。罹災して働けない者や病人などにも、日に二百文程の金を出している……だから、物乞い同然に来た母子などは、追い返すしか術はなかったんです。だが……」

桧垣は酒をもう一本だけ注文してよいかと、錦に尋ねた。

「今日だけですよ」

「ありがたい……先生ももう一杯……」

付き合ってくれと頼んでから、桧垣は話を続けた。

「だが、追い返したのは間違いだったと、今更ながら思ってるんです……身寄りのない者だけに貸すという原則からして、金を渡すことはできたんです……それができないとしても、該当する町名主に相談して、便宜を図ることはできたはずです。もし、町名主がいないような町であれば、町奉行所が直に面倒を見ればよいことだったんです」

「……」

「だが、誰もやらなかった。私も何もしなかった……まるで物乞いのように、追い返しただけだった……そして、何事もなく一日が終わったと安堵したのです」

そこまで話した桧垣は、運ばれてきた盛り蕎麦に、追加の燗酒を軽くふりかけて、ズズッと美味そうに啜った。

「このように、一日の疲れを癒やすだのなんだとの言いながら、同心や会所仲間の連中と一杯やるのが、当たり前の暮らしでした」

「……」

「ねえ、先生……これが町奉行所与力の仕事ですかねえ……男が一生かけてやる、仕事だったんですかねえ」

静かに桧垣は蕎麦を啜り、酒を飲んだ。その顔を見ながら、錦はしみじみと、

「だったら、あそこに住んでいる人たちにも、当たり前のように、蕎麦を食べたり、お酒を飲んだりできるようにしてあげればいいじゃないですか」

「……」

「子供たちが貧しさから脱するために必要なのは、学問だけです。そのために援助をする。足らざる所に、ある所から持ってくる。それが政事の使命なのですから、もし桧垣さんがそう思うのなら、やりましょう、一緒に」

まるで決意表明をするかのような錦の顔を見つめ返して、

「先生……あなたが奉行所の連中にちやほやされる理由が分かりましたよ……なんだか、まだ何かできる気がしてきた」

と桧垣は微笑んだ。

四

番町は旗本屋敷が並んでおり、あまり人の気配がない。表門はほとんど閉じられたままであり、辻番が見張りをしているくらいで、通りは閑散としている。

そんな中で、長屋門を開いたままで、屋敷の中から、わいわいがやがやと人の声がしている所があった。表からでも、中の様子が分かるほどであるが、大騒ぎというわけではない。ここが、〝陽春庵〟なのである。

今日も三十人ばかりの若い無役の旗本や御家人が大広間に集まって、塾頭の宗覚を囲んで侃々諤々、意見を闘わせていた。

宗覚は学者でありながら、いかにも高僧という雰囲気で紫色の法衣を着ており、息子くらいの年の若侍たちを頼もしそうに眺めていた。その中に、桧垣清太郎もいた。

「――しからば、桧垣……近頃、色々と問題となっておる、幕閣に対する贈り物はどうすればよいと思うのだ」

一座の中心的な存在である藤森康之介が問いかけた。藤森は、この拝領屋敷を提供している小普請組の旗本である。

無役でも、三千石以上の大身の旗本は、寄合と呼ばれるが、小身の旗本でも、有能な連中が集まって、幕政批判を中心に話をまとめ、政策に生かせるよう直属の上役、場合によっては老中や若年寄に伝えることで、善政を行うことに貢献していた。

老中首座の水野忠邦がお墨付きを与えて、若い旗本や御家人に意見交換をさせているのは、幕府重職の顔色を窺い、忖度ばかりしている役人が多いことを危惧していたからだ。

「年始の挨拶や御家引き継ぎの際の挨拶などで、大名や旗本が将軍家に献上する金品は、撤廃するのが当たり前だと思います」

清太郎が答えると、藤森が訊き返した。

「何故だ。神君家康公が将軍にあらせられた頃よりの慣わしを止めるのは、むしろ余計な摩擦を起こすのではないか」

「献上品とは名ばかりで、実質は賄賂でしかありませぬ」

「賄賂、となｍ」

「事実、沢山の金を渡した者が、老中や若年寄に就いたり、旗本でも奉行職を得たりしております。本来ならば、当人の才覚や経験から選ばれなければならないところ、無能な者が重い地位に就くことになりかねません」

「つまり、今の幕政に関わっている者たちは、無能であると？」

「皆が皆、そうだとは申しませぬ。ですが、合議の名のもとに、決断ができぬまま、ずるずると長年に亘って、何も変わっていない事案は沢山あるではないですか」

「うむ……」

「たとえば、私たち小普請組の御家人の処遇とてそうです。無役の旗本や御家人には、普請に携わる人足を出すというだけのことに、何の意味がありましょう。今や、普請することもなくなったゆえ、人足ではなく、代わりに金を出すことになっています」

　清太郎は身を乗り出して、語気を強めた。

「これでは町人が負っている運上金や冥加金の類と変わりませぬ。適材適所を鑑みて、役人の人選をするべきかと存じます」

「もっともだ」

　藤森が頷くと、他にも同意して気勢を上げる者たちがいた。

「されど、桧垣……おぬしが賄賂と称する献上品を廃したところで、隠れてやる輩はいくらでもいると思うがな」

「そこは御定法で禁じればよいのです。破った者は役職を取り上げるだけではなく、御家断絶とか切腹とか厳しい沙汰があれば、誰もがやらなくなるでしょう。まずは隗(かい)より始めよで、上様ご自身がその慣わしを廃止し、老中・若年寄もそれに従うのが良策かと」

「そうはいっても、御定法を作り決め、裁く立場の幕閣が、私たちの意見を聞いて、なるほどと頷くとは思えぬ」

「だからといって黙っていたのでは、何も進みませぬぞ。上様や幕閣に渡る献上品は、元を辿れば領民から搾り取った年貢ではありませぬか。税は正しく使うのが、我々、旗本や御家人に課せられた使命と存ずる」

清太郎は興奮気味になり、

「たとえば、大名が家督を継ぐ折に、ご公儀に沢山の特産物……と称して金子を贈るのも慣わしになっている。それは上様ではなく、決裁を握る老中や若年寄に渡るとの風聞もある。そのために、領民から年貢を御定法以上に搾り取る藩もあるとか。その悪習を絶つだけでも、国は変わると思う」

熱意を込めてそう言うと、上座でじっと聞いていた宗覚が、おもむろに穏やかな態度で声をかけた。

「言うは易く行うは難し……」

「……」

「おまえが言っていることは正しい。だが、ただ不平不満を垂れているに過ぎぬ。ならば、どうやって、老中や若年寄に伝え、納得させ、事を改めさせるかだ。さて、どうする」

「それは……それこそ、先生のような立派な方が、直訴して下さればいいのです」

「私が……」

「ええ、そうではありませぬか。老中首座の水野様とご昵懇なのですから、聞いてくれるのではありませぬか」

「うむ。おまえたちの思いや考えは、しかと伝えておこう。だが、話を聞くのと、事を成就するのはまた違う。仮に水野様が、おまえの考えに賛同し、上様も理解したとしてだ。それを御定法にするには、幕閣が集まって、しかるべき役人たちとも検討に検討を重ねて、作り上げていかねばならぬ」

「百も承知しております」

「そうか……だが、概ね、その段階で立ち消えになる。法を作るとは厄介なことなのだ」

宗覚は諦めたように言った。だが、清太郎は納得できず、

「しかし、そこで諦めていては何も変わらないではありませぬか。あらゆる手立てを尽くして、実現せねばならないのです」

「あらゆる手立て、とは」

「ですから、それは……たとえば、ここにいる者たちが、陳情書をもって老中に直談判する。それが難しければ、しかるべき寄合旗本に頼んで上奏して頂くとか」

「つまりは人頼み、というわけかな」

ニッコリ笑ったものの、宗覚の目は意地悪そうに清太郎を見据えていた。

「もし、ここにいる者たちが全員、反対をしたとする。だが、おまえは賄賂の慣習はなくさねばならぬという信念を貫きたいとする……さて、どうすれば、おまえの願いや理想を叶えることができるかのう」

「――諦めろというのですか、先生は」

因縁をつけるかのように、清太郎は睨み返した。

「八方塞がりになることは、よくあることだ。それでも壁を突き破っていくためには、ひとりでは無理だ」

「……」

「まずは自分の周りの者を説得して仲間を増やすことが大切ではないのか」

「賛同を得られなければ、間違ったことも正しいことにされるということですか。

先生はそうおっしゃりたいのですか」

清太郎は半ばムキになって問い返した。

「方法について話しておる。いくら剣術が強くても、ひとりで何十人何百人を相手に勝つことはできまいて」

宗覚の言い草に、清太郎は不満を抱いていたが、ぐっと堪えるように口を一文字に結び、一同を見廻し、

「分かりました。賄賂は正当なものということですね。みんなも偉くなったら、その地位を利用して、私腹を肥やすがいい」

と立ち上がると、腹立たしげにその場から出ていった。

「おい、待て。それでは話にならぬではないか、おい桧垣！」

藤森が声をかけて後を追おうとしたが、宗覚は止めて、

「放っておきなさい。あいつは何か己の身に不満があるのであろう」

「不満……」

「賄賂のことなど、奴にとっては、どうでもよいのだ。何かを強く訴えることで、満たされぬ心の隙間を埋めようとしている。それが悪いこととは言わぬが、下手を

すれば道を間違う」

宗覚は若侍たちの顔を眺めながら、

「よいか。おまえたちも心得ておけ。曇った心のままでは、美しいものを映すことはできぬ。人を言いくるめようとか、自分が優位に立とうとか、誰かを陥れようとか、それだけでは人の上に立てぬし、世の中を変えることはできぬ」

「……」

「まずは己の心を磨け。己の心を磨くとは、無心になることだ。無心になるとは、己がやるべきことを、ひたすらやることだ。そのことを肝に銘じておけ」

教えを請いに来ている若侍たちは、頷きながら、宗覚を崇めるように見つめていた。

五

桧垣が漢次の長屋を訪ねたのは、雨が二、三日続いた昼下がりだった。晩秋から初冬にかけての長雨は鬱陶しいだけでなく、体を心底冷やして病にすることもある。

町会所に出向いた後、他の役人たちには「調べ事がある」と言って、深川まで足を伸ばしてきたのだ。体の調子が悪いとはいえ、日頃から歩き慣れているせいか、さほど難儀ではなかった。

見事なほど古い長屋で、小さな地震が来ても屋根ごと崩れてしまいそうだった。

その隅っこの方で、漢次が雨の中、壊れた雨樋を直していた。梯子の下に来た桧垣の姿に気づいて振り返ると、

「ああ。この前のお侍さん」

と漢次の方から声をかけてきた。

だが、桧垣の姿は出仕したときの裃姿のままなので、吃驚したように降りてきて、

「お侍さん……こんな偉い人だったのですか……お役人か何か……」

と恐縮したように訊いた。

「偉くはない。町会所に詰めている町方与力だ」

「与力……す、凄えッ」

「別に凄くもなんともない。それより、病気のおっ母さんの容態はどうだね」

「お侍さんがくれた大鰻を食った日だけは元気になったけど、後は相変わらずだ」

「そうか。これを飲ませてやりなさい」

桧垣は小さな袋を、漢次に手渡しながら、

「人参茶だ。少しは滋養に役立つだろう。怪しい薬ではない。〝がはは先生〟に煎じて貰ったやつだ。深川の立派なお医者様だ」

「お医者様……」

「ああ。山本宝真といってな、只で診てくれるから、何かあったら訪ねてみなさい。ちょっと離れているが、富岡八幡宮の裏手の長屋にある。薬代もいらぬ」

「そんなお医者様が……」

「俺の名を出せば必ず善処してくれる。俺は北町奉行所の桧垣巧兵衛という者だ」

「桧垣様……」

「ところで、家主か地主はおるか」

「家主なんかいねえよ。ただほったらかしになってる廃屋を、俺たちが勝手に使っているだけだから」

「名主とか大家代わりの者はいないのか。ここの集落の長老でもいい」

「長老ねえ……」

漢次は奥の一室に入ると、薬袋を万年床のような所に寝ている母親の枕元に置いて、

「おっ母さん。町方与力の桧垣様って方が、人参茶を持ってきてくれた。少しでも良くなって欲しいってさ」

「あ、ああ……」

母親はかなり弱っているようで、白髪を束ねただけの髪だから、余計に老けて見えた。だが、実際はまだ五十前であろう。

「私は浅草向柳原の町会所に勤めている。困ったことがあれば、いつでも来なさい」

「町会所……」

なんとか起き上がった母親は、背中を丸めるようにして、桧垣に頭を下げたが、表情は暗いままで、

「これは、どういうことでしょうか……」

と薬袋をチラリと見た。

「まあ、手土産みたいなものです。私も、〝がはは先生〟こと山本宝真先生にはお

世話になっているものでね」

「で……ご用件は……」

「用件……」

「今、表で、家主や大家がどうのこうのと言うのが聞こえたもので……もしかして、立ち退きの話でしょうか」

病がちの掠れ声ではあるが、母親はしっかりとした態度で、桧垣に向き合った。

「立ち退き……」

「これまでも何度か、町奉行所のお役人さんや町年寄が来て、私たちにここから出ていくようにと言われましたんで……」

不安げに言う母親に、桧垣は首を横に振りながら、

「逆ですよ。ずっとここにいられるようにするため、話を聞きに来たんです」

「ずっと……」

「ええ」

「こんな所に、ずっと住まわせるなんて、また酷いことをおっしゃるのですね……みんな、もっとマシな所で暮らしたいと願っているのですが……ずっと、ここです

か……」

絶望的な顔になる母親は、漢次の顔をチラリと見て、

「この子だって、こんな所にいさせたくない……嫌になったと出ていった子も沢山いる……でも、漢次は優しいから……ずっと、こうして私の面倒を……いえ、私だけじゃない……ここにいる他の年寄りや小さな子供らの面倒も見てくれてるんです」

ここぞとばかりに必死に言った。

「——そのようですね。だから、少しでもお役に立ちたいと、こうして来ました」

「お役に立ちたい……」

母親はふっと気が抜けたような笑みを漏らして、

「これまで何度申し立てても、無下に追い返されましたのに……」

と呟くように言った。

ほんの一瞬、桧垣の脳裏にも、子連れの女を追い返した光景が浮かんだ。桧垣はすぐさま土間の上がり框に手をつくと、

「それは私かもしれぬ。このとおりだ。勘弁してくれ。申し訳なかった」

と深々と頭を下げた。

唐突な態度に、母親はもちろん、漢次も吃驚した。

「ひ……桧垣様、やめて下さいよ」

漢次は思わず、桧垣の袖に触れて、立たせようとした。だが、その姿勢のまま、

「余計な言い訳はしない。だが、役に立ちたいという気持ちは本当だ。ここで暮らしたくないなら、他を探す。少しでも居心地よい所に移って貰って、当たり前の暮らしができるようにし、捨て子の面倒も見る」

と桧垣は必死に訴えた。

「よして下さいよ。何も桧垣様が謝ることじゃないよ」

「いや、私は……」

「悪いのは俺たちを捨てた親だ。身勝手な親のせいだ」

漢次はキッパリと言ってのけた。

「だから俺だって誰も恨んじゃいねえ。世の中や人のせいだとも思ってねえ。ましてや、お役人の桧垣様には関わりねえこった」

「——関わりない……」

「そうだよ。俺はまだ難しいことは分からないけど、お役人にはお役人の都合があ

るはずだ。別に桧垣様が俺たちを、こんな目に遭わせてるわけじゃねえし」

「いや……私は……おまえさんたちを見捨てた……」

「……」

「親に捨てられた子が助けを求めて来たのに……おっ母さんが言うとおり、無下に追い返してしまったんだ。何度も何度も……だから、おっ母さんのように病になった人も、きっと何人もいるに違いない……」

喘ぐように言う桧垣に、漢次が今度は少し怒ったように、

「やめてくれよッ。俺たちは情けをかけられるのが、一番嫌なんだ」

「えっ……」

「そうやって見下されることで、余計に惨めになるんだよ」

「いや、私は決してそんな……」

「分かってるよ。何の躊躇(ためら)いもなく、自分が釣った鰻をくれた人だからな。でも、どぶ鼠が飼い犬を羨んだりしねえように、俺たちはお侍や金持ちを妬んでいねえ。だから、余計なお節介することはねえんだ」

しっかりとした漢次の口調と分別ある態度に、桧垣は心から感心した。自分の方

が、説教されている気持ちだった。

その時、ぶらりと杖を突いた老体が入ってきた。仙人のような白い口髭をたくわえており、古稀を過ぎているように見えるが、目の奥は異様なほどぎらついている。

「お仙さん、何かあったかね」

「あ、万吉さん……そうだ。万吉さんがそういや長老だあ。面倒見はいいし、みんなに慕われてるしさ」

漢次は、万吉と呼んだご老体を介添えするように部屋の中に入れると、桧垣の前に立たせて紹介した。ついでに、鰻をご馳走してくれた優しい人だと、大袈裟に伝えて、仲を取り持とうとした。漢次の心遣いが、桧垣には嬉しかった。

「――この長屋には、捨て子が多いと聞いている。だから、私ども町会所が善処したいと思って参ったのだ」

桧垣が言うと、万吉は露骨に訝しげな目になって、

「何が狙いですかな。これまで何度、御番所に訴え出ても、けんもほろろでしたが、今度は邪魔になって追っ払うつもりですかな」

漢次の母親・お仙と同じことを言った。

「そうではない。必要なことは、できる限りするつもりだ。万吉さんとやら……あなたを長老と見込んで、今後のことをお話ししたいのだが……」

「町方与力様に、さんづけされるのは気持ち悪い」

「いや、しかし年上であるし……」

「万吉でいいですよ。二歳の頃、深川十万坪で拾われたから、万吉……仙台堀の芥船に捨てられていたから、お仙……漢次はまだ乳飲み子だったのに、羅漢寺の境内に置き去りにされてたから漢次だ」

　命名の由来を述べてから、ここで暮らしている数十人は、概ね保護された場所をもじって付けられたと万吉は言う。親の思いも情愛もない名前だと言って、

「その程度の人生なんですよ」

　と自虐的に微笑した。だが、どことなく気概のある顔つきも露わにして、

「私たちは別に、お上の世話になりたいと思ってるわけじゃない。それぞれが運命（さだめ）だと受け容れ、手に職をつけたり、読み書きを習ったりして、巣立っていった」

「分かっている。だが、不足しているところは、町会所で面倒を見るのは当たり前のことなんだ。御定法でそうなっているのだ」

「本当ですか……旦那が何でもできるような口振りですが、どうも……」

「やると言ったらやる。だから、信じて欲しい。ゴホゴホ……」

力説し過ぎて噎せた桧垣の背中を、漢次が心配そうに撫でた。大したことはないと桧垣は微笑み返して、もう一度、「信頼して欲しい」と言うのだった。

そんな様子を、小さな橋の向こうから——清太郎が見ていた。その顔がなぜか忌々しく歪んで、踵を返すや急ぎ足で立ち去った。

六

月明かりに照らされている屋台の蕎麦屋で、勢いよく蕎麦を啜っている桧垣に、馴染みの主人が声をかけた。

「今日は酒はいいんでやすかい？」

「ああ。やめたんだ」

「えっ、あの酒好きの旦那が。どうした風の吹き廻しで」

「余命幾ばくもないからな。命を縮めることはもう止めて、残った命で世のため人

「そうではない。必要なことは、できる限りするつもりだ。万吉さんとやら……あなたを長老と見込んで、今後のことをお話ししたいのだが……」

「町方与力様に、さんづけされるのは気持ち悪い」

「いや、しかし年上であるし……」

「万吉でいいですよ。二歳の頃、深川十万坪で拾われたから、万吉……仙台堀の芥船に捨てられていたから、お仙……漢次はまだ乳飲み子だったのに、羅漢寺の境内に置き去りにされてたから漢次だ」

命名の由来を述べてから、ここで暮らしている数十人は、概ね保護された場所をもじって付けられたと万吉は言う。親の思いも情愛もない名前だと言って、

「その程度の人生なんですよ」

と自虐的に微笑した。だが、どことなく気概のある顔つきも露わにして、

「私たちは別に、お上の世話になりたいと思ってるわけじゃない。それぞれが運命だと受け容れ、手に職をつけたり、読み書きを習ったりして、巣立っていった」

「分かっている。だが、不足しているところは、町会所で面倒を見るのは当たり前のことなんだ。御定法でそうなっているのだ」

「御定法……」

「そうだ。役所は町人のためにあるのだからな」

「なるほど、御定法のためにやるのですね。情けをかけるのではなく」

「いや、そうではない。私は心から……」

「桧垣様は年番方くらいのお年でしょうかねえ。でも、上役の誰かに命じられて、仕方なく対策に出向いてきたわけですか。表向きは救済でありながら、やはりこの一帯の立ち退きが本当の狙いですかな」

穿った見方をするのは当然だろうと、桧垣は理解した。その上で、本当に暮らしぶりを改善したいと何度も訴えた。

「あはは……ありがたいことです……ですが、やはり俄には信じられません」

万吉は首を横に振りながら、

「これまで幾たびも、辛い目に遭わされましたからね。人殺しや盗みがあったら、この長屋の者たちだろうって、真っ先に疑ってきたのも、御番所役人ですからね」

と言った。

どうしても相容れない深い溝があるようだが、やはりそれは町奉行所のこれまでの施策や姿勢が間違っていたからだ。桧垣は改めて胸を痛めた。

「大丈夫です。これからは私が……ええ、私が率先して、みんなを当たり前の暮らしができるように尽力する」

「尽力……ですか……」

冷ややかな顔の万吉も、長年、酷い目に遭ってきたのであろう。人間不信に被われているような態度だった。

「では、どうすれば信用してくれるのだ。何でもいい。要望を言ってみてくれ」

「そうですな……」

顎髭を撫でながら、万吉はじっと桧垣を見据えて言った。

「衣食足りて礼節を知る……と言いますからね。まずは着る物と食べ物。そして、雨露を凌げる家をどうにかしてくれませんかね。見てのとおり、雨漏りだって酷い」

「分かった。すぐに用立てる」

桧垣はふたつ返事で言った。そして、万吉に、この一帯の住人たちが改善して貰いたいことを、直ちに纏めるようにと説得した。だが、それでも万吉は疑り深く、

「本当ですか……旦那が何でもできるような口振りですが、どうも……」

「やると言ったらやる。だから、信じて欲しい。ゴホゴホ……」

力説し過ぎて噎せた桧垣の背中を、漢次が心配そうに撫でた。大したことはないと桧垣は微笑み返して、もう一度、「信頼して欲しい」と言うのだった。

そんな様子を、小さな橋の向こうから——清太郎が見ていた。その顔がなぜか忌々しく歪んで、踵を返すや急ぎ足で立ち去った。

六

月明かりに照らされている屋台の蕎麦屋で、勢いよく蕎麦を啜っている桧垣に、馴染みの主人が声をかけた。

「今日は酒はいいんでやすかい？」

「ああ。やめたんだ」

「えっ、あの酒好きの旦那が。どうした風の吹き廻しで」

「余命幾ばくもないからな。命を縮めることはもう止めて、残った命で世のため人

「え、ああ……」

「山本先生から、あの村に行ってると聞いて、訪ねてみたんです。父上が帰った後、万吉という爺さんから話を聞きましたよ」

「そうか……」

「随分と景気のいいことを言ったようですが、町会所役人如きに、何ができるというのです。見栄を張って何をしたいのです」

「何とかしてやらなければ、可哀想だなと思ったまでだ」

「ふん……」

清太郎は鼻で笑って、桧垣を見下すように言った。

「貧民対策をしたいのでしたら、父上がちょこまか動くよりも、町奉行に直談判した方がいいのではないですか」

「そうだな……」

「もっとも、お父上では、お奉行は会ってもくれないでしょうがね。何を訴えても無駄というものですよ」

「そんなことはない。遠山（とおやま）様は立派なお奉行だ。下々の気持ちも分かるお人だ」

「だったら、なぜ長年、ほったらかしにしているのです。無宿人同然の者ばかりじゃないですか。しかも、血の繋がらない親子三代なんて、変な話です」

「そうかな。みんな好きで捨てられたわけじゃない。実の親子でなくても、寄り添って生きているではないか」

「私への当てつけですか」

冷ややかに言う清太郎に、桧垣は微笑を浮かべて、

「まさか……あの者たちは日々、一生懸命生きているだけだ」

「そうですかね。私には、自分でどうにかしようと努力もしてない連中にしか見えませんがね……父上も本当は知ってるでしょ」

「何をだ」

「あいつらは、ろくに働きもしないくせに、人に因縁をつけては金品を求めたり、病人のふりをしたり、物乞いのように憐れみを買って、人の情けに縋ってるだけの奴らだ」

忌々しげに言う清太郎に、桧垣は珍しく険しく遮った。

「よせ、清太郎」

「言っておきますが、奉行所の金も町会所の金も、人々が汗水流して捻出したものです。そんな大切な金を、楽して手にしようなどと考えている輩のためには使ってはならない」

「それは違うぞ。考え違いをするな」

さらに強い口調になって立ち上がった桧垣に、清太郎は突っかかるように、

「私は父上のように、何事もなく一日を過ごして、後生大事に二百俵ぽっちの家禄にしがみついて生きるのは御免です。世の中のためにもならず、ただただ物乞いのように禄高を得るためだけに、役所に通っている人間にはなりたくないッ」

と吐き捨てた。

桧垣は一瞬、感情を露わにしたものの、すぐに座って、

「親父……蕎麦はまだか」

「へえ。できておりやす。さあ、どうぞ」

盛り蕎麦を差し出した親父に、桧垣は苦笑いしながら受け取り、

「息子に説教されるというのも、乙なものだな。親父、おまえにも倅がいたよな。生意気盛りには、摑み合いの喧嘩をしたって話してたじゃないか。どうなった」

「へえ。もう二十歳過ぎましたから、てめえで大工の真似事をしてやす」

「そうか。そりゃよかった。うちのは三十路過ぎて女房もいるのに、こんな感じだ。〝捨て子村〟の漢次って小僧の方が、よっぽど人間ができている……ズズズ」

蕎麦を美味そうに啜る桧垣の背中を、清太郎は苛々と、

「ふん。情けない親父だ。悔しかったら殴ってみろってんだ。私はそんな燻り続ける人生はまっぴら御免だ。世の中を変えるような役職を、この手で摑んでみせますよ。本当にどうしようもない奴だ」

と唾棄するように言うと踵を返して、足早に立ち去った。

「――旦那……いいんですかい、息子にあんなこと言わせといて……」

「いいんだ。本当のことだから……でもまあ、親父の倅は楽しみだな。ああ、本当によかった、よかった……」

桧垣は涙を飲み込むように、蕎麦を啜るのだった。

その父親の姿を、一町ばかり離れた所から、清太郎はつと振り返って見た。

「ふん……」

小馬鹿にしたように再び歩き出したとき、目の前に黒い影が立った。

「誰だッ」

「私ですよ、清太郎さん」

塀の陰から歩み出て来て、月明かりに浮かんだのは、薬箱を手にした錦だった。

「あ……なんだ。〝はちきん先生〟か……近頃、〝陽春庵〟にちっとも顔を出さないから、嫁に行ったかと思ってたぞ」

「あら。清太郎さんが奥様を貰ったから、私は諦めたんじゃありませんか」

「ふん。適当なことを言うな。俺が美奈と一緒になったとき、おまえは幾つだ。会ってもいないじゃないか。そうやって、町奉行所の役人をたらし込むのも大概にしろ」

「随分ですこと……」

からかうように微笑むと、清太郎は不機嫌な面のまま、路地の奥に向かった。錦がついて行こうとすると、

「用がないなら帰れ」

と清太郎は苛ついた声で言った。

「私の家もその先なので。元吟味方与力・辻井登志郎（つじいとしろう）様のお屋敷で居候しているの

は、ご存知でしょう」

　錦は辻井の屋敷の離れで、診療所も開いているのだが、町方の事業に関っている間は、『本日休診』の札を掲げている。

「だから、なんだ。親父との話を立ち聞きしてて、余計なお節介でもするつもりか」

「宗覚先生の所に立ち寄ってきたんです」

「講義には来ないくせに、俺の様子でも聞きに行ったのか」

「そんなに暇じゃありません。宗覚先生の〝達者伺い〟をするのも私の務めなので。あなたのことなんか、誰も心配してませんし、注目もしてませんよ」

「なんだとッ」

　立ち止まって振り返った清太郎は、女相手に乱暴な目つきになった。

「近頃、やたらムキになっているので心配してましたよ、宗覚先生は。剣術の腕も学問も素晴らしいのに、少々、世を拗ねてるのは、父ひとり子ひとりで、母親の愛情が欠けていたからかなと……」

「それが余計なお世話だというのだ」

　また背中を向けて歩き出す清太郎を、錦は後ろから追いかけながら、

「奉行所でも噂になってますけどね、備前松島藩が内諾されたらしいですね。公儀に相続を願い出ているのは二十余藩あって、ほとんどは保留なのに、備前松島藩だけが……」

「まことか」

「怪しいですよねえ。大名の遺領というのは、すんなりと相続できないそうですね。家臣とその家族、領民の数や石高、残余財産、武器弾薬などの目録と、係争中の問題があればすべて提示して、藩が存続できるかどうかを、幕閣が諮（はか）るとか」

「――さすが、よく知ってるな」

「宗覚先生から聞いたんです。少なくとも三月程の評定にかかるものが、たったの十日で決まった。そんなものなんですか」

「いや。藩継続の裁量権は、上様ではなく、幕閣にある。なぜならば、上様は徳川家の惣領であり、諸大名はそれぞれの御家の頭領だ。徳川家と諸大名は支配関係ではなく、同盟関係にあるゆえ、上様とて他家の当主を決めることはできぬ」

「なるほど。だから、老中や若年寄が裁定するというわけですね。そこに賄賂が生

じるわけですね、相続を恙なく運ぶために」

「ま、そうだが……俺たち下級武士には、どうにもできぬ。それが宗覚先生の答えだ」

「では、諦めるのですね」

「何をだ……」

「そういう理不尽が罷り通っていることをです」

「俺ひとりが騒いでも、如何ともしがたいそうだ。周りの奴らもそうであろう……そんな話はもういい。俺には手に負えぬ話だ」

あっさりと突き放すように言う清太郎を追い越して、その前に立った。

「だったら、自分の手に負える話を解決したらどうでしょう。お父様みたいに」

「なに……?」

「巨悪を倒すことだけが、正義だとは思いませんけどね……だから私は、〝陽春庵〟に行かなくなったんです」

「……」

「この〝陽春庵〟の由来は知ってますか」

「いや……」

「紹滴(しょうてき)という臨済宗の僧侶が、上方の堺に開いていた塾の名です。あの沢庵(たくあん)和尚の師匠です。ここに入る前に、沢庵和尚は、宗仲(そうちゅう)という高僧に師事していました。この人は大徳寺の僧侶です。宗覚先生も大徳寺の出……」

「ああ、そういうことか……」

「この臨済禅の高僧たちはみな、在野にあって反骨精神をまっとうしたのです。地位や役職を出世の手段にはしませんでした」

じっと見据える錦に、痛いところを突かれたのか、清太郎は不満げな顔になった。

「俺がそうだと言いたいのか。ただの無役の御家人は、どうせ成り上がれぬと」

「そうは言ってません。でも、お父様の手伝いをすることから始めることが、いずれ人の上に立つ人には必要だと思いますよ」

「なにを偉そうに、小娘がッ」

「小娘ではありません。背丈だって、あなたとそんなに変わりませんよ」

「からかうな」

清太郎は錦を押しやるような仕草をして、そのまま足早に暗い通りに向かった。

やがて小走りになり、月の光が届かなくなっても、錦は佇んで見送っていた。

七

数日後の昼下がり——向柳原の町会所には、町年寄・奈良屋市右衛門をはじめ、会所役人の大店の主人らが集まっていた。

奈良屋は、三河以来、徳川家康に仕えていた家柄のためか貫禄があり、他の大店の主人たちも公儀御用商人がほとんどなので、いずれも豪商らしい風格があった。しかも、奈良屋は苗字帯刀も許されている身なので、御家人の桧垣よりも立場が上のように見えた。

事実、町年寄は町奉行の直属であり、今で言えば副都知事みたいなものである。町会所の事務担当に過ぎぬ与力や同心よりも権限は強かった。しかも、〝寛政の改革〟以後の七分積金の使い道は、今なら商工会議所の会頭ら役員のような大店の主人たちの意見によって、決定されていた。

町会所の実際の管理や運営は、町奉行所だけではなく、勘定所御用両替商が担っていた。出納を仕切っているのは、日本橋の両替商『和泉屋』だった。その主人の仁右衛門は奈良屋と並んで、寄合を取り仕切っていた。

その末席に、桧垣は座していたが、これとて形式的なことで、話し合いの記録掛りに過ぎなかった。各町の要望のすりあわせなどは行うが、あくまでも役人の意見のひとつに過ぎなかった。

今日も、翌々日の使い道や貸し付けなどについて話し合いを恙なく終え、お開きとなりそうになった。そのとき、桧垣がスッと膝を進めて、下座から奈良屋と仁右衛門に声をかけた。

「まだ議案が残っておりますが」

桧垣はいつものように丁寧な口調で言った。

御家人とはいえ立派な武士である。しかも、この町会所を与っている立場だが、奈良屋も仁右衛門も、他の者たちも、

──町方役人ごときが何を言い出すのだ？

という顔で振り向いた。

そういう態度は慣れている。桧垣は特に気にすることはなかったが、

「もう四日前に出しております。私からの検案書について議論して頂きたい」

と言った。

奈良屋は立場上、曖昧な笑みを浮かべただけだが、仁右衛門は勘定所御用達商人らしく、ハッキリと言った。

「深川の例の村のことですね。〝捨て子村〟と呼ばれている……それについては、町奉行所と勘定所が話し合って決めることであって、町会所には馴染みませせぬ」

「町奉行の遠山様に言上したところ、まずは町会所にて、どれくらいの費用がかかるか試算せよとのことです。もちろん、勘定所役人にも伝えております」

「そうおっしゃっても、町名主からの要望も出ていないものを、一役人が……しかも、桧垣様の思い込みだけで金を出せと言われても、承服できかねます」

桧垣はわずかだが険しい顔になり、武士らしい口ぶりになって、

「だから、話し合いたいのだ。町会所のそもそもの目的は窮民救済であって……」

「分かっております」

面倒臭そうに仁右衛門は遮って、会所役人一同を見廻しながら、

「そうでございますよねえ、皆様。私たちは毎月一定額を、暮らしに困っている

人々や病人のために、町名主や長屋の家主らを通して配っております。それでも足らないところには、申請を受けて追加しております。桧垣様もご承知ではありませぬか」

「いや、それでも行き届いていない所はいくらでもある。おまえたちが言う〝捨て子村〟なんていうのは、ほんの一部のことだ」

「――どうしたのです、桧垣様……肩入れしたい人でもいるのですか」

「そうじゃない。本当に困っている者に救いの手を差し伸べたいだけだ」

桧垣は威儀を正すように背筋を伸ばすと、

「〝捨て子村〟にキチンとした名はない。近在の地名から仮に、猿江西町にしておく。皆の衆も知っての通り、掘割は淀んでおり、井戸もなく、あの辺り一帯は、神田浄水から水船が運んできておる所だ」

「言われなくても分かってます。いつぞやも疫痢が流行りましたがね」

厄介払いでもしたい目つきで仁右衛門が手を仰ぐと、他の者たちも汚いものでも見たように口を手で覆った。

「それは解決しておる。だが、仕事にもあぶれ、その日稼ぎも思うようにいかず、貧困の極みにある……努力が足らぬと嘯く輩もいるが、そうではない。誰もが素知らぬ顔をしているだけだ」

「……」

「暮らすための金を出せと言っているのではない。町を立て直すための費用を捻出して欲しいと頼んでいるのだ」

桧垣は持参していた町の絵図面を出して、みんなの前に広げて見せた。

「東西半丁、南北に一丁程の狭い所だ。ここに、毎年、三十人近い子供が捨てられていく。なのに町奉行所も町会所も何の手も立てない。地元の地主や名主、商人や僧侶などが手分けして、養父母を探してくれるが、それが叶うのは数人で、後はここに住むしかないのだ」

必死に訴える桧垣は、いかに貧しくて窮屈な暮らしを強いられているかを伝えた。

「捨てられた子供に罪はない。だから、せめて子供だけでも健やかに育てられるよう、取り計りたいのだ……ここに、子供たちが無事に、当たり前の暮らしができ、勉学もできる子供の家を作りたい」

今で言えば養護施設であろうか。桧垣は懸命に説明をしたが、

「そんなことをすれば、余計に捨て子が増えるだけだと思いますがねえ」

と否定する者が多かった。

それでも、桧垣はなんとか説得しようと続けた。町の規模や人の数、それに応じた長屋の普請費、子供の手習所や町医者の診療所の必要性などを個々細かく、自分が試算した資料などを示しながら話した。

「ご覧のとおり、この先、十年の間の援助として、年にわずか二十両だ。これは、親子四人の家族が二年近く暮らせるほどの額だけど、猿江西町には二十家族、六十人ばかりの人がいる。ひとつの親子に年に一両だけ援助するだけで、仕事に就くことができ、自分で暮らすことができるのだ」

「――そう上手くいくとは思えませぬが」

「もちろん、何か弊害があれば、その都度、助けなければならないが、一番の問題は、大人が思うように稼ぐことができず、子供に学びの場がないということだ」

「……」

「そこをしっかりと援助すれば、人は自ずと自立への道を歩むものだ。そうなれば、捨て子であっても、立派に生きていける」

話に熱がこもってくる桧垣に対して、仁右衛門たちは白けた感じになってきていた。

「申し訳ありませんが、桧垣様……それは無理な話です。町会所は、それぞれの株仲間らと繋がりながら、共有の金の保管だの交渉、色々な商人との連絡から、商品などの管理や品質検査などを取り扱い、さらに金銀の両替屋、米や油、木綿など主立った品の取引相場などにも関わる重要な寄合場なのです。江戸町人全体の暮らしを担っているのですよ。一部の町だけを特別扱いはできませぬ」

一気呵成に反論した仁右衛門は、侮蔑したような目を桧垣に向けた。

「だ、だからこそ、取りこぼしてはならぬ。数少ない者たちには、仁政をもって……ゴホゴホ……解決しなければ……」

「もういいです。桧垣様。この町会所の積金は、我々商人が汗水流して蓄えたものだということを、くれぐれもお忘れなく。物乞いに恵んでやるものではありませぬ」

もういいでしょう、とばかりに立ち上がろうとした仁右衛門に、桧垣は咳き込みながらも怒りを露わにした。

「物乞いとはなんだッ。捨てられた子たちが、当たり前に暮らしたいことの、何がいけないのだ。おまえは、捨てられた赤ん坊に、乳さえ飲まさぬというのか」

「――あなたに、おまえ呼ばわりされたくありませぬな……そんなに貧しき者を救いたければ、これまでいくらでもできたはずではありませぬか。今更、何を血迷っているのです。さあ、皆様、お開きにしましょう」

仁右衛門が立ち上がると、他の者たちも腰を上げて、三々五々、散り始めた。桧垣は座ったまま、一同に向かって言った。

「そうか、おまえたちの気持ちは篤と分かった。前々より、町会所は一部の商人だけが利権を握っている。やること為すこと腐ってると非難されていたが、改めて分かった」

立ち止まって仁右衛門が振り返るのへ、桧垣は鋭い目で見上げて、

「私たち町会所掛り与力は、かような不正や不公平が行われるのを監視する立場にあることを忘れたのではあるまいな」

「今度は脅しですか……ふん。まさしく身の程を弁えた方がいいですぞ。ねえ、奈良屋様……かような無理難題を私憤のみで行おうとしていると、お奉行にお伝えし

た方が宜しいかと存じますよ」

仁右衛門が牽制するように言うと、桧垣は立ち上がって顔をつきつけた。

「よう言うた。ゴホゴホ……町会所役人の選定をして許しを出すのは誰か、ゴホ……思い出すがよい。私も町会所掛り与力だ。容赦はせぬぞ……ゴホゴホ」

「桧垣様こそ、お役御免にならぬよう、せいぜいお気を付け下さいませ。ふん」

小馬鹿にしたように笑って、仁右衛門が町会所から出ていくと、他の者もまるで子分のように一緒についていった。最後に、奈良屋が困ったような顔を桧垣に見せ、

「お体が芳しくなさそうですな。人のことよりも、我が身を労って下さい。お奉行には余計なことは伝えませぬから、桧垣様も今日のご意見は引っ込めて下さい」

と言って立ち去った。

桧垣は何も答えなかったが、咳き込みが激しくなったので、同心や小者たちが心配そうに近づいてきた。

八

日本橋『和泉屋』に帰ってきた仁右衛門を待っていたのは、清太郎であった。初対面であるが、桧垣巧兵衛の息子だと名乗ると、

「――なんだ親子揃って……」

と呟いた。

「父と何かありましたか」

「いえ……私にどのような御用向きでしょうか」

「備前松島藩について聞きたい。そこもとは、公儀御用達商人でありながら、松島藩の江戸家老・建部(たてべ)内膳(ないぜん)様とも昵懇だそうな」

「存じ上げておりますが、昵懇というほどでは……」

「かなりの金を貸し付けているそうだな」

「そりゃ両替商でございますので」

「藩にではなく、建部様に渡しているそうだな。理由はなんだ」

「何かと思えば、唐突に……似た者父子(おやこ)ですな」

仁右衛門は皮肉っぽく頬を歪めると、清太郎は不思議そうに首を傾げながらも、

「親父とは関わりのない話だが」

「松島藩のことなんぞより、お父上の慈善事業にでもお付き合い下さい。では、用事がありますので……」

奥へ行こうとする仁右衛門の前に、清太郎は立ちはだかり、

「待て。親父がなんだというのだ」

「ご自分でお聞きになったら如何ですか」

「〝捨て子村〟のことか」

「おや、ご存知でしたか……そこを猿江西町と正式に名付けた上で、援助をしたいと、なぜかシャカリキになっているので、止めてあげて下さい。無駄なことには、大切な町会所のお金は使えないと。宜しくお願い致します」

人を食ったような顔つきながら、仁右衛門は深々と頭を下げると、清太郎は鋭いまなざしで睨みつけた。

「無駄な金とは、賄賂（まいない）の方ではないのか」

「えっ……」

「惚けても無駄だ。おまえは、それこそ町会所の金を松島藩のことに使っているではないか。建部内膳が老中や若年寄に渡した賄賂の出所がおまえであることは、こ

っちも手を尽くして調べた」

「……」

「無役の旗本や御家人でも、親兄弟が大目付や目付の者はいくらでもいる。〝陽春庵〟の奴らも説得したら、動いてくれたよ。金まみれの権腐した政事には嫌気がさしてる者ばかりなのでな」

「何のことやら……」

惚ける仁右衛門だが、清太郎はその追及はせず、

「そこで相談だがな……松島藩のことは黙っておいてやるから、〝捨て子村〟いや猿江西町とやらへ援助金を気持ちよく出してやれ」

「な、何をおっしゃいまするやら……」

「建部様に渡しているものに比べれば、雀の涙ほどではないのか。それとも、事を大きくして、藩の不正とそれに手を貸した『和泉屋』を暴き立てられたいか」

「――これはこれは……まさに似た者父子……恫喝するのも同じですな。そんな脅しに乗る『和泉屋』ではございません」

「噂どおり、面の皮が厚いな」

「この顔は生まれつきでございましてな……」

と言いながら、仁右衛門は自分の頬を撫でながら、

「しかし、気に入りました。お父上と違って、筋が通っている。つまらぬ同情心をひけらかすのではなく、正義感に満ち溢れている。あなたのような若者が、これからは政事の場には必要です」

「……」

「ご尽力いたしましょう」

仁右衛門は笑いながら頷くと、奥へと立ち去った。

訝しげに見ていた清太郎の目が、憎々しく光ったが、仁右衛門の意図が分かったのは、その翌日のことだった。

勘定奉行を支配する老中・小笠原能登守の家臣・岩村斉五郎という者に呼び出され、山下御門内の屋敷に連れていかれた。江戸城中に入ることなど経験のない清太郎は、緊張で表情が引き攣っていた。裃という姿も慣れていないから、地に足がついていなかった。

広い玄関から控えの間に入ると、そこには眉が濃くて、如何にも大名らしい貫禄

の小笠原が先にいて待っていた。

「老中の小笠原能登守である」

自ら名乗った小笠原を目の当たりにして、清太郎は恐縮し平伏した。

「そこもとの噂は、かねがね耳にしておる。学問所では類い希な秀才であり、日頃からよく勉学に励み、剣術も新陰流皆伝の腕前だとか。しかも、〝陽春庵〟でも旗本・御家人の子弟から一目置かれているらしいな」

「と、とんでもございませぬ。まだまだ半人前、いえ、それ以下でございます」

「謙遜せずともよい。水野様お墨付きの宗覚禅師からも聞き及んでおる」

「宗覚先生から……」

「さよう。この際、おぬしの器量才覚を見込んで、大番に推挙致す」

「お……大番……それは上様の身辺を守る重職ではありませぬか……私如きが、大番与力など務まりましょうか」

「大番与力ではない。大番だ。与力を支配する役職だ。そこから、いずれ大番組頭、大番頭と出世していき、将軍の側近中の側近になるがよい」

「と、とんでもございませぬ。大番といえば、旗本職……私は御家人も御家人、父上は町方与力でございまして、まだ家督も……」

　自分でも必要以上に謙るのが分かるほど、清太郎は全身が震えていた。

「家柄だの親の身分など関わりない。儂とて一介の田舎大名から、上様の信任を得るまでになった。これまでも、勘定奉行の荻原重秀様を引き合いに出すまでもなく、有能な御家人が旗本の役職に就くことはあった」

「……」

「しかも布衣以上の役職に就けば、おぬしの子も孫も旗本の家格になれる。これからの幕政を慮っての登用だ」

　小笠原は揺るぎないまなざしを向けたまま、

「とはいえ、いきなり御家人の息子を大番というのも、理解はされまい。よって、ある御仁の親族になるということで、水野様ら幕閣から許しを得たい」

「親族……」

「さよう。備前松島藩の藩主・土井侍従の養子縁組みをしてから、上申することにしたい」

「備前松島藩……！」

吃驚して硬直する清太郎を見て、小笠原に問い返した。

「如何した」

「あ、いえ。さような大名に養子などと……しかも私は既に……」

「分かっておる。形ばかりのことだ。土井家に入る際には、おぬしの嫁も一緒だ」

「しかし、父が……」

「桧垣家をなくすことはない。土井の養子になっても、桧垣を名乗ることに何の支障もないゆえな。異例ではあるが、それもこれも、おぬしを旗本職に就けて、遺憾なくその手腕を発揮して貰いたいからだ」

「……」

「町方与力で終わらせたくない逸材だ。儂の思いが分かるな」

じっと見据える小笠原を、清太郎は上目遣いで見ていた。明らかに、『和泉屋』仁右衛門から話が伝わって、〝籠絡(ろうらく)〟するつもりであろうことは察した。知り得たことは口外するなという意味であろう。

「突然のことで驚くのも無理はあるまい。即答はせずとも、一両日中には色よい返事を待っている。父上とも相談するがよかろう」

一方的に話すと、小笠原は小さく頷いて立ち上がった。見送った岩村は、丁寧な口調で清太郎に微笑みながら、

「おめでとうございます。これで桧垣殿……あなたは生涯、栄誉ある武士として生きていくことができる。その年まで、埋もれたかのように暮らしていたことは、お察ししますが、これからが本物の人生ですな。羨ましい限りでござる」

と励ますように言った。

清太郎はどう答えてよいか戸惑ったが、少しずつ気持ちが昂ぶってきた。

——さよう……これまでは批判一辺倒だったが、この手で政事を担うことができる。上様の側近ならば尚のことだ。

俄に眩しい光が、頭上から射し込んできたような気がしてきた。

帰宅した清太郎は、手を叩いて歓喜しながら、父親と妻に栄進したことを伝えた。だが、桧垣も美奈も、どことなく心配そうな表情で、清太郎のはしゃぎようを見ていた。

「どうしたのだ、ふたりとも。俺の出世が嬉しくないのか。辛気臭い顔をして、今日はめでたい宴だ、宴だ」

桧垣はしばらく息子の様子を窺っていたが、

「そんな大それたことが、できるのか……何かおかしくないか」

「もちろん異例のことです。でも父上、ご老中の小笠原様が直々に話を持ってきてくれたのですぞ。子々孫々、旗本になれるのです。こんな御家人暮らしとはおさらばです」

「こんな御家人、か……」

「だって、そうではないですか。〝はちきん先生〟からも聞きましたが、たかが捨て子たちのことですら、父上は何もできないではないですか。でも、立場が上がれば、己が理想の施策ができるというもの」

「ならば直ちに救って貰いたいものだ。たかが捨て子のことくらいな」

「ええ。なんだって、できますとも」

舞い上がっている清太郎の姿を見ていて、美奈はなぜか涙ぐんだ。その妻の肩を抱き寄せるように、

「そうか、そうか。喜んでくれるか。これからは、おまえも楽にさせてやれる」

と言った。だが、美奈は俄に悲しみを帯びた顔になって、

「違います……そんなにお役目が欲しいのですか……旗本になりたいのですか」

「なんだと……」

「目の前のことが何も見えていないあなたに、多くの人々のことを考えることができますでしょうか」

「美奈……何を言うのだ。夫の出世が……世に出ることが嬉しくないのか」

「それは嬉しいです。でも少し違う気がします」

「何が違うというのだ」

「……」

「おい。何が違うというのだッ」

清太郎は少し乱暴な口調になって美奈を突き放し、桧垣の顔と見比べた。そして、またぞろ忌々しい表情になって、

「俺には御家人が似合いだというのか。親父のように、一生うだつの上がらぬ町方与力が相応しいというのか」

「そんなこと微塵も思っていません。でも、あなたはもっと聡明な人のはずです。出世のために、信念を歪めるような人ではないはずです。御老中が直々に出世をチ

ラつかせるなどと、きっと裏があるのではありませんか」

　思わず突いて出た美奈の言葉に、清太郎は一瞬、たじろいだ。思いあたるふしがあるからである。だが、投げやりな態度で、

「ほう……さすがは小普請組与力の娘だな。無役が好きとみえる」

　と清太郎は皮肉っぽく言った。

「旦那様……」

「もういい。嫌なら、おまえは大名の土井家の養子にならなくていい。離縁してやるから、ずっと親父の面倒を見てろ」

「何を言う、清太郎ッ」

　今度は桧垣が、美奈を守るように、清太郎の前に立った。

「どうして、おまえはそう話を短絡的に……」

「うるさい。おまえたちこそ、なぜ素直に俺のことを喜べないのだ。そんなに嫌なら、こっちから出ていく。ずっと独りよがりな慈善とやらを施しているがいい」

「ばかものッ」

　思わず桧垣は清太郎の頬を叩いた。すると、反射的に清太郎も桧垣を突き飛ばし

た。

そのまま廊下によろけ出て、膝をついて倒れた桧垣に、すぐに美奈が駆け寄った。だが、桧垣が咳き込みながらも、必死に訴えた。

「ゴホゴホ……せ、清太郎……おまえは自分の魂を売ってまで……出世したいのか」

「……」

「わ、私は何も恥じることはしていない……ゴホ、ただ悔やんでいることがある……人として……人を救えなかったことだ……そのことを、おまえに……ゴホゴホ……」

「おまえみたいに悔やみたくないから、千載一遇の機会を逃がしたくないのだ。息子の出世を喜ばぬとは、最低の父親だ。夫の栄進を喜べぬ嫁もな」

清太郎が怒鳴りつけて立ち去ろうとしたとき、桧垣が手を伸ばして追おうとしたが、バタリと頭から床に倒れた。

「お義父様……お義父様……！」

抱き上げようとする美奈を、振り返った清太郎は冷ややかに見ていて、

「――どうせ、仮病だろう……我が意が通らなくなったら、そうやって同情を引くために、つまらぬ芝居をする輩だ……」

と言うと、美奈は噎びながらも、

「このひとでなし！」

嫁に来てから一度も見せたことのない激怒の顔で、清太郎を睨み上げるのだった。

九

桧垣が亡くなったのは、その夜、遅くなってからのことだった。

宝真が駆けつけてきて容態を見ていたが、あっけないほどの最期であった。その場には、錦もいたが無念の表情で、穏やかな人柄なのに怒りに震えていた。

「――残念だな……頑張れば後三月は生きられたかもしれぬのに……」

ぽつり漏らした宝真の言葉に、清太郎と美奈はエッと驚いた。宝真がわざと言ったのであろうことを、錦は察していた。

「どういうことですか、先生……」

清太郎が身を乗り出して訊くと、宝真は短い溜息をついて、桧垣の肝臓や腎臓の状態が良くなかったこと、特に肝臓の腫瘍のことを伝えた。余命幾ばくもなかったことを知って、清太郎は狼狽したように、

「おまえは知ってたのか、美奈。どうして黙っていたのだ」

「いいえ、私も……」

と美奈は首を横に振った。だが、清太郎は納得できかねるように、ふたりして息子の俺を騙していたのかと捲し立てた。

「いや、心配させたくないとのことでな。息子夫婦には内緒にしてくれと、桧垣様に頼まれていたのだ」

「それでも大事なことを伝えるのが、医者の務めではないのか」

「父上は、悔やんでいることを成し遂げたいと執念を抱いておられた。もし、息子たちに知られると、止められるであろうとな」

「悔やんでいること……」

「捨て子たちに手を差し伸べたいということだ……」

宝真の言葉を聞いて、清太郎は錦にも詰め寄るように問い質した。

「だから、あんなことを言ったのか……お父様を助けることから始めろとかなんとか……あんたも知ってたのか」

「錦先生は勘づいて、私に様子を聞きにきたんだ」

庇うように宝真が言うと、また清太郎は不愉快そうに眉根を動かし、

「身近にいて気づかぬ俺が悪いと……」

「誰もそんなことは思ってもいません。ただ桧垣様の気持ちは、何とか叶えさせてあげたかった。でも、人の力を借りるのを嫌がる性分みたいでしてな、最期の最期まで踏ん張るという気迫に満ちてました」

「いいよ、そんな感傷は……要するに、親父の病状を知っていたあんたたち医者が、親父に無理をさせて死なせたようなものだ」

ふて腐れたように言う清太郎に、錦は静かだが強い口調で、

「いい加減にして下さい。お父上が亡くなっても、そんなことしか言えないのですか」

「なんだと」

「お父上に労りの言葉はないのですか」

「……」

「宗覚先生も、いつも心を磨いておけと話してませんでしたか。自分の心の鏡が曇っているから、人を疑ったり非難したり、粗探しをすることしかしない」

錦が迫ると、清太郎は睨み返した。

「おまえに何が分かる」

「本当は、お父上が何をしようとしていたか、知っていたんでしょ。だから、あなたは『和泉屋』まで行った。そして、主人の仁右衛門さんに直談判して、子供たちのために金を出させようとした。そうでしょ」

さらに詰め寄る錦の視線が強いのか、思わず清太郎は目を逸らした。

「でも、鼻薬を嗅がされたってわけね。賄賂を追及していたあなたが、とんだ落とし穴に落ちたってことです」

「馬鹿を言うな……俺が偉くなれば、あんな小さな町のことくらい、なんとでもしてやれる。そう思ったまでのことだ」

「いいえ、できません」

キッパリと錦は否定して、何やら一冊の綴り本を手渡した。

「あなたは、お父上を売るような真似をしたのです。ここに記されているような、お父上の思いも踏みにじったのです」

清太郎は「なんだ」とばかりに受け取らぬ仕草をしたが、錦は押しつけた。

「町奉行所に残されていた日誌です。町会所の様子などを隈無く記して残しておくものです。あなたのお父上の人生の足跡です」

「……」

「旗本になろうとなるまいと、それはあなたご自身のことですから、私には何も言えません。ですが、それを読んでから、お決めになってもよろしいのではありませぬか」

何もかも知っている素振りで錦が言うと、清太郎は不思議そうな顔をしていた。

錦はもう一度、桧垣に瞑目してから、玄関の方に立ち去ろうとして振り返り、

「宝真先生の言うとおり、もう少し生きられたかと思いますが、私の見立てでは、不審な所はないと、お奉行に伝えておきます」

と深々と一礼した。

美奈は、桧垣の亡骸に縋りつくように、声を出して泣き続けていた。

　葬儀を済ませ、初七日が過ぎてから、清太郎は改めて、小笠原の屋敷に赴いた。相手に礼を尽くすためである。

「本来ならば、四十九日の喪が明けてと思いましたが、お返事が遅れてはと馳せ参じました。今日は、立会人として、北町奉行の遠山左衛門尉（さえもんのじょう）様もご足労願いました」

　清太郎から離れて座した遠山は、小笠原に深々と一礼し、

「桧垣巧兵衛は残念でしたが、子息の清太郎が家督を継ぐことを、ご公儀も認めたところでございます」

　与力や同心は一代限りが原則だが、実際は代々、引き継がれている。

「それに加え、小笠原様から、旗本職への推挙があったと聞き、それは思いがけぬ果報と、桧垣清太郎に頼まれて、こうして馳せ参じた次第でございまする」

「さようか。名町奉行の遠山殿が立会人として後見してくれれば、まさに安泰。のう、清太郎。おぬしも誠心誠意頑張れば、町奉行にだってなれるぞ。まずは大番として入って貰うが、遠山殿に教えを請うて、おぬしが理想とする政事を目指すがよ

い」

「ハハア。有り難きお言葉、それを胸に刻み込んで、全身全霊を傾けたいと存じます」

今一度、清太郎は頭を深く下げた。

「さようか。では、早速、備前松島藩の土井家にも伝えておこう」

「お手数をおかけいたします。ですが……私は桧垣家を残しとう存じまする」

「先日も話したとおり、桧垣の姓を名乗ることは一向に構わぬ」

小笠原が穏やかな顔で頷いたとき、清太郎は顔を上げて、

「ところで、小笠原様……先日来、町会所から〝捨て子村〟……いえ、猿江西町という所に、幾ばくかの援助金を出すよう、父が会所役人肝煎りに頼んでおりました」

「うむ……」

「ご老中もよくご存知の『和泉屋』仁右衛門でございます」

「――よくは知らぬが……」

誤魔化すように小笠原は言って、火鉢の縁を煙管で軽く叩き、炭火から火を移し

た。清太郎は恐縮した態度で、錦から貰った綴り本を差し出し、深々と一礼をした。

「これは、父が会所掛りの役職にあった時に書いていた日誌でございます。遠山様にも改めて読んで頂きましたが……公の文書にも拘わらず、恥ずかしながら、私が生まれた日のことや、成長の過程なども端書きにしたためておりました」

「さようか……それは駄目だな」

「はい。しかし、それが町会所掛りの恒例のようで、前任者らも同様だそうです。町会所は、文字通り、町場の様子を奉行所に報せる必要があるため、庶民の暮らしぶりなども克明に書いているのです」

「うむ……で、それが何だ」

「この中に、つい近頃のことではありますが、捨て子ばかりを集め、育てている猿江西町の様子も記されておりました」

清太郎は、父親がこれまで錦や宝真に話していたことを、丁寧に伝えた。さらに、町の様子から住人の数や来歴、仕事の状況、親子関係、近隣の町との付き合い、祭祀の状況、子供の教育環境、老人や病人たちへの介助具合などを話した。

「――かように、父が懸命に為そうとしていたこと……今更ながらに知りました。

人として最低限の暮らしは、補償するべきだと、改めて思いました」

「うむ……」

「ですから、父の無念を晴らすためにも、どうか『和泉屋』に一言、救済金を出してやれと、助言して下さいませぬか」

「いや、儂はその立場にない」

「立場にない……」

「そうであろう。町会所は、それこそ遠山殿と勘定奉行の支配下にあり、老中が口出しすれば、それこそ〝贔屓〟する慣例を作ることになる。町会所のことは、町会所で決めるのが筋だと思うが」

「そうですか……では、遠山様……支配役のお奉行から、命令はできませぬか」

哀願するように振り返ると、遠山はあっさりと、

「よかろう。配慮する。弱者救済が政事の根本ゆえな」

と返した。

清太郎は安堵したように頭を下げてから、小笠原に向き直った。

「そういう次第です。ところで、ご老中……ひとつ、ご質問させて頂いて宜しいで

しょうか。厚かましくて申し訳ありません」

「構わぬぞ。申してみよ」

「先程、話しました両替商『和泉屋』の主人・仁右衛門のことですが、この者は、年に千両程の金を私腹している節があります。ええ、父の町会所日誌に記されておりました」

「――なんと……」

小笠原は驚いてみせたが、一瞬、遠山の方をチラリと見た。清太郎は老中直々に訴えるということに、緊張を覚えていたが、今日は普段通り、流暢に話した。

「ご存知のとおり、町会所は年に四万両もの金を扱っております。留保されている金もあり、十万両近くの金があります。仁右衛門は帳尻を合わせて、自分の商売の穴埋めに使ったり、誰かに付け届けしたりしております」

「証拠はあるのか」

「それが、気になりますか」

「むろんだ。さようなことが行われていたとすれば、断固、究明せねばなるまい」

「有り難きお言葉。では早速、『和泉屋』を探索し、改めとう存じます」

「――なに……」

　訝しげに睨む小笠原に、強い意志を孕んだ目を向けた。

「これについては、遠山様が直々に差配すると思いますが、私も町会所掛り与力として、微力ながら、お手伝いしたいと存じます」

「どういう意味だ……」

「私に縁組みを勧められた土井家に、仁右衛門から金が渡っております。そこからまた松島藩江戸家老の建部内膳に渡り、さらに小笠原様に付け届けされている節があります」

「貴様。何を言い出すッ」

　思わず小笠原は立腹して、声を強めた。すると、遠山が割って入るかのように、スッと前に進み出て、

「備前松島藩の御家継続については、小笠原様が熱心に説いておられました。今し方、特定の誰かを〝贔屓〟するのは良くないとおっしゃった」

「それは……公儀にとって、必要な藩だからだ」

「他の藩は不要だと？」

「……」

「実はもう『和泉屋』には、北町奉行所から与力や同心を送って探索をしております。そこにある桧垣の日誌だけでも、充分、証拠になり得ます。小笠原様……身の潔白はそちらが立てねばなりませぬぞ」

「黙れ、遠山。なんの座興だ。儂は何も知らぬぞ」

「ならば、今、ご自身がおっしゃった通り、断固、究明して頂きたい」

小笠原は遠山に鼻を鳴らして、ジロリと清太郎を睨みつけた。

「利口かと思うたが、無能よのう……こんな下らぬことで、人生を棒に振るとは」

「はい。正直申しまして、小笠原様に従っていた方が良いと思うておりました。この父の町会所日誌を見るまでは」

「……」

「〝陽春庵〟で受けた、宗覚先生の大切な教えを忘れるところでした」

清太郎は揺るぎない眼差しを相手に向けて、

「正しいことをするには、自分の心を磨いておかねばなりません。危うく、ご老中と同じ曇った鏡の中に迷い込むところでした」

「貴様。儂を愚弄するつもりか」

思わず小笠原は脇差しに手をかけたが、遠山が片膝を立てて、

「抜くと、お終いですぞ、小笠原様。あなた様は松島藩のことを公平に見直し、私は『和泉屋』の不正を暴く。そして、清太郎は父上の思いを引き継ぐ……それで宜しいかと思いますが、如何」

と鋭い目を向けた。

小笠原は脇差しから手を放し、ふうっと深い溜息をつくのだった。

数日後――。

北町奉行所の年番方詰所の一角には、またぞろ与力や同心が、我先に〝達者伺い〟を受けようと押し寄せていた。

いつものように錦は、ひとりひとりの様子を診ていたが、幸い薬を処方されたり、診療所に送られたりする者はいなかった。

そこに、順番を待っていた裃姿の清太郎が来て、錦の前に座った。

「先生、宜しくお願い致します」

「はい――」

錦は目や胸部、腹部への触診や視診をしてから、仰臥や横臥、伏臥などをさせ、頭から肋骨、腰、膝などを診ながら話した。

「猿江西町は、正式に町奉行支配として町名がつき、名主も決まって、きちんと人が住める所になりそうですね」

「ええ。何より、子供たちが活き活きと、何不自由なく、当たり前の教えを受けられるようにしたいと思う。〝がはは先生〟の診療所もこちらに移って、これからはずっと面倒を見てくれるそうだ」

「よかったですね」

「それは、錦先生が配慮してくれたのだろ」

「違いますよ。〝がはは先生〟の長屋も古くて汚いから、移るのに丁度いい口実ができたと思ったのでは？」

「また、そんなことを……」

清太郎は座ってから、しみじみと錦を見つめて、

「いい女になったな。あんな小娘だったのに」

「あら、美奈さんに叱られますよ」

「女房にも辛く当たりすぎた。反省している。なにより、俺は父上にとって、駄目な息子だった……父上がやろうとした、一隅を照らす暮らしもまた風流かと思う」

「頑張って下さいね。困ったことがあれば、私も何でも手伝いますよ」

「本当に？」

「ええ」

「だったら、今度、ふたりだけで一献……」

笑って清太郎が言いかけたとき、後ろにいた与力が、

「おい。先生が嫌がっているではないか。さっさと町会所へ行け」

と怒鳴りつけた。

気まずそうに頭を掻いて立ち上がった清太郎は、見違えるような精悍で自信に満ちた態度で、錦に一礼すると立ち去った。

その背中を微笑混じりに見送ってから、次の与力を招くと、清太郎を非難したばかりなのに、「先生、今度ふたりだけで……」と掌を返したように口説いてきた。だが、錦はビシッと断った。これも見慣れた光景である。

今日は穏やかな日になりそうだと、錦は心軽やかに診療を続けるのだった。

第二話　寒椿散る

一

神田明神下の裏長屋『だいこく』には、おちかとお絹という、錦絵から飛び出てきたのではないかと評判の美人が住んでいた。

いずれ菖蒲か杜若、嫁に貰いたいと押し寄せるほどであった。違いがあるとすれば、おちかの方は天真爛漫で明るく、お絹はおっとりして控え目だという点であろうか。おちかが満開の桜ならば、お絹は雪の中にぽつんと咲いている赤い椿のようだとよく言われた。

同い年で十八のふたりは、双子のようにいつも一緒に手を繋いで出かけるほどだった。

ふたりの父親は大工と表具師という違いはあるが、どこにでもいる江戸っ子らしい職人で、母親たちも極ふつうの女だった。貧しいわけではないが、裕福とは縁のない暮らしぶりである。

神田明神は縁結びの神様であるから、江戸のあちこちから、美しく着飾った商家の娘たちが参拝に来る。それに比べれば、質素で地味な身なりのおちかとお絹だが、擦れ違う男たちが誰でも振り返るふたりだった。

神田明神の神田祭のときに繰り出される勇壮な山車(だし)は、将軍上覧のために江戸城内に入ることが許されているため、〝天下祭〟と呼ばれている。それをもじってか、

——天下娘。

と噂されるほどであった。本当に浮世絵師が描きたいと訪ねてきたこともある。

だが、不思議なことに、おちかとお絹は目の前の神田明神には拝みに行ったことがない。幼い頃はあっただろうが、娘と呼ばれる年頃になってからは、ふたりして行かないと誓ったのだ。

その訳は、幅が広くて、数十段もある長い明神石段にある。

若い人ならともかく、腰や膝が悪い年寄りにはためらうほど急だから、上り下りの際に転倒する危険もあろう。実際、転倒して大怪我をした人もいるとのことだが、

理由はそれではない。

ふたりは一緒に階段の下に立って、上を見上げながら、

「幸せになれますように」

と願うのが習慣になっていたのだ。

神様が来ることを降臨というが、貧しい長屋にも訪れてくれることを、密かに願掛けていたのである。たわいもないことだが、自分たちにとって、長い階段の上は到底、縁のない所だと感じていた。つまり、富とか名声には関わりのない長屋暮らしが染み着いていて、身の丈以上のものは望まないと考えていたのだった。

そんなことを考えていても、誰もほうっておくわけがなかった。

先に嫁に欲しいと言われたのは、おちかの方だった。相手は、日本橋の呉服問屋『尾張屋』の跡取り息子、新吉（しんきち）だった。屋号どおり、尾張徳川家の御用達商人であり、江戸で指折りの大店と言われていた。

息子の新吉もまだ二十歳そこそこである。いずれ主人になるとはいえ、番頭に付いて修業をしている身だった。神田明神は、大己貴命（おおなむちのみこと）、つまり大黒様が祭神であり、近くに首塚があったのが縁で平将門も祀られている。財運福徳や除災厄除を願って、

出先への仕事帰りに神田明神に拝みに来たとき、階段の下にいたおちかを見かけたのだった。

何度か使者役の番頭が来て後、『尾張屋』の店にて、正式に嫁に迎えたいと申し込まれた。おちかは境遇が違いすぎると断ったが、親も長屋の人たちも、

「玉の輿に乗るように生まれついてるんだよ。遠慮なんかするもんじゃないよ」

と大いに勧めてくれた。あまりの幸運に、おちか自身が尻込みしていたのである。

だが、一番喜んでくれたのが、お絹だった。

「やっぱり神様が降りてきてくれたね。私もあやかれるかしら」

自分のことのように祝ってくれた。

ところが、ある日、番頭がおちかを訪ねてきて、

「申し訳ありませんが、新吉さんとの縁談はなかったことにして貰えまいか」

と断りを入れてきた。

やはり糠喜びだったと、おちかは思ったが、生まれつき天真爛漫なので、文句のひとつも言わず、相手の要求を受け容れた。それだけの縁だと思ったのだ。

二親は自分たちが悪いのではないかと勘繰ったほどだった。やはり親が貧しい大

工で、不釣り合いだということかと気にしたのだ。だが、理由はそうではなく、新吉が別の人を好きになったからとのことだった。

親としては釈然としなかったが、おちかは仕方がないと諦めた。

「で、その相手が誰か、よろしかったら教えて頂けませんか。知ったとしても仕方のないことですけれど……」

と尋ねると、いずれ分かると踏んだのか、番頭は、申し訳なさそうに答えた。

「それが、実は……お絹さんの方が好きだと言い出しまして……」

「えっ……」

俄に信じられないおちかだったが、番頭は大真面目に事情を話して、自分が悪いことをしたかのように何度も頭を下げた。

吃驚したのは、お絹の方も同じだった。

仮にも大親友を袖にした男と一緒になるなんて、考えることができなかった。

「いくら呉服問屋でも着物じゃあるまいし。そっちをやめて、こっちにするなんて、酷い男。そんな奴、こっちから御免だわよ」

お絹は、おちかに同情しながらも、怒りを露わにしていた。

周りの人たちも、所詮は金持ちの気紛れだ、一緒になったところで、どうせ幸せにはなれやしなかったよと慰めてくれた。結局、新吉から謝りにも来なかった。

ところが——お絹は数日も経たないうちに、『尾張屋』に行くことを、承知したのである。博奕好きだった父親の借金を肩代わりしたり、尾張家の江戸家老を仲人に仕立てたり、江戸で名のある商家からごり押しされたりして、外濠を埋められた。終いには、神田明神の神主まで出てきて、ここで婚礼式を行うことになった。

おちかとふたりして憧れて見ていた、階段の上に上がったのである。

申し訳なさそうに、お絹は謝ったが、それでも、おちかは明るく振る舞っていた。

「それが縁てものだよ。いつか私にもきっと相応しい人が現れるよ」

気丈におちかは言ったが、心の奥では耐えられないほど辛かった。しかし、よくよく考えてみると、新吉がどういう人間かろくに知らないままに、一緒になることの方が不幸だと感じていた。

——お絹には悪いけれど、いくら大富豪でも、そんな男と夫婦になったら、きっと辛いことが待っているに違いない。

と思っていた。

「大丈夫だよ、おちかちゃん。おまえは、俺が貰ってやるからよ」

長屋の大家の息子が慰めた。『だいこく』という長屋名は、神田明神の大黒様をあやかってのことだが、大家はちょっとした地主でもあり、小さな金貸しもしていた。

「俺はよ、ガキの頃から、おちかちゃんのことが大好きでよ。その笑顔を見てるだけで、俺は幸せなんだ」

大家の息子はここぞとばかりに口説いたが、おちかの胸には響かなかった。ドサクサ紛れとしか思えなかったのだ。

当時の花嫁衣装は黒色である。あなた以外の誰にも染まらない、という意味だったという。しかし、親友の花嫁姿を見ることもなく、おちかは長屋から姿を消していた。

「――おっかさん……どうしたんだい。噴いてるよ、ほら、釜が……」

という声に、ハッと我に返ったおちかは、目の前の竈(かまど)にかけている米を炊いている釜の蓋が、パタパタと跳ねているのを見た。

とっさに素手で蓋を取り上げようとして、

「アチッ」

おちかは落としてしまった。

「まったく、そそっかしいんだから……」

娘の桜が布巾を重ねて蓋を拾い上げると、流しに置いた。

番茶も出花の十六くらいであろうか。いや、誰でも可愛い年頃とはいえ、母親に似て、なかなかの美形で、明るく可愛げもある。知っている人に言わせれば、若い頃のおちかに生き写しだそうだ。

「また昔のことを思い出してたの」

「え……」

「恨み節。なんで私が、こんな暮らしで、あの人は幸せなのって」

「そんなこと思ってないわよ」

炊いている途中の米の様子を見てから、火を調節し、水桶から酌で汲んで蓋を流してから、また釜の上に置いた。それでも湯気が強くて、ふっと蓋が浮き上がり、また「アチチ」と、おちかは悲鳴なのか笑い声なのか分からない声を上げた。

そのとき、ふっと奥の部屋にある鏡台に自分の顔が映った。奥といっても九尺二間の長屋の一室である。鏡台といっても、小さな薬缶の蓋ほどのものを化粧台に立てかけているだけのものだ。

――皺だらけになっちまったわねえ。

と胸の中で呟いたおちかに、

「また、変なこと思ってる。笑い皺はね、幸せな証なんだよ」

桜がすぐに言った。

「思ってないわよ、そんなの……」

「分かるんです。おっ母さんが考えていること。だって、すぐに顔に出るもん」

「あら……」

「四十女にしちゃ、まあまあいいんじゃない」

「まだ四十になってません」

「でも、もうすぐでしょ。美貌の片鱗はあるしさ、その辺りの隠居爺さんなら、騙せるんじゃないの？」

「なんてことを、この娘は……」

おちかが杓文字を手にして叩く真似をしたとき、

「御免——」

と声があって、黒羽織に白衣帯刀の八丁堀同心が戸口に立った。四十半ばの人の好さそうな優しい顔だちだった。

捕り物をする定町廻り同心姿は黒の着流しが多いが、それ以外は白地のままか、せいぜい縞や格子模様が入っているだけだ。十手も持っていないし、事件でないことは一目で分かる。

「内田の旦那様。今日も朝から、こんな深川くんだりまで、お疲れ様でございます」

杓文字を上げたまま挨拶をした。

「食事中でございましたか」

間合いが悪そうに内田が訊くと、サッと杓文字を後ろ手にして、おちかは笑った。

「いいえ。朝餉はとうに済ませてます。これは炊き出し用のもの。だから、白いまんまだけではなく、雑穀ばかりです」

「はは、雑穀入りの方が体には良いらしいですぞ。ほら、江戸に脚気が多いのは銀シャリのせいだから」

「ですよねえ」

屈託のない笑みで、おちかは杓文字を娘の桜に押しつけた。

「桜ちゃんも毎日、大変ですな。こんなおっ母さんの世話ばかり焼いてては」

内田が言うと、桜も打てば響くように、

「そうなんです。あわてん坊で、しょっちゅう火傷や怪我ばかり。どっちが母親か分かりませんよねえ」

と返した。それほど、お互い心を許した仲ということであろう。

「で、今日の御用向きは……」

おちかが尋ねると、内田は鬢の辺りに手を当てて、

「いや、通りかかったものでな。はは、元気ならばよいのだ。今日も無事息災で、幸せな一日でな。はは、あはは……」

と照れ臭そうに笑いながら立ち去った。

「いつもいつも、ご足労、ご苦労様でございます」

おちかは表に出て、長屋の木戸口に向かう内田に、深々と頭を下げた。その脇腹を、桜はつんつんと指先で突いて、

「このところ、ほとんど毎日、来るね。きっと、おっ母さんのこと好きなんだよ」

「まさか……」

「私、別にいいわよ」

「なにが」

「あの内田様なら、お父っつぁんになって貰っても」

「ば、馬鹿なことをお言いでないよ」

バシッと桜の肩を叩いて、おちかは部屋の中に駆け戻った。桜もそれを追いながら、

「だってさ。私がお嫁に行ったら、おっ母さん、ひとりになるじゃないのよ」

「余計なことばっかり。さっさと、おかずも作りなさいよ。炊き出し、炊き出し」

「——あはは。照れてるおっ母さん、案外、可愛らしいわよ」

「親をからかうのも、いい加減になさい」

毎朝見せる母子の〝俄狂言(にわかきょうげん)〟のような光景を、長屋の人々も微笑んで見ていた。

二

暮れ六つになると、北町奉行所の表門は帰宅する内役（うちやく）の与力や同心たちで溢れ、外役の者たちが戻ってくるのと重なって、

——こんなに役人がいるのか。

と思うほど混雑している。

その中に、内田の姿もあった。

本当は奉行所内で勤める内役の市中取締諸色調（しちゅうとりしまりしょしょくしらべ）掛りだが、物価を取り締まる役目上、外廻りが多いのである。与力や同心たちは、お互い挨拶をしながら表門を潜るが、

「どうだ、その辺で一杯」「いいですねえ。たまには行きますか」「帰っても、鬼嫁がうるさいだけだからなあ」

などと庶民と変わらぬ話をしながら、暮れゆく夜の町に消えていく。

一旦、詰所に帰ろうとして、内田は玄関の上がり框の所で、足の指先を引っかけ

て、ゴロンと転んだ。

「あたた……」

　体を支えようとしたが、刀が邪魔になって腰が捩れ、そのまま頭を床にぶつけ、向こう臑（ずね）や肘なども激しく打ってしまった。

　すぐそこは年番方与力の詰所で、何気なく見ていた筆頭与力の井上多聞（いのうえたもん）が、

「まだ足を踏み外す年ではなかろうに。日頃の鍛え方が足らぬのではないか。私なんぞ、ほら、このとおり」

　と足踏みをしてみせた。

「いや、これは面目ない……あたた」

　なんとか立ち上がることはできたが、柱を摑まないと、うまく歩けなかった。

　すぐに年番方詰所の奥に来ていた八田錦が足早に近づいてきて、足袋を脱がせて足先を見た。指の付け根から踝まで、少し赤くなって腫れている。

「捻挫か骨折をしているみたいね。ささ、こちらへ」

　と体を支えながら、診察所にしている年番方詰所の奥に連れていった。

「甘やかしちゃ駄目だぞ、はちきん先生。そいつは後家殺しって有名なんですか

ら」

井上はからかうように声をかけたが、

「私は後家ではありません」

と錦はキッパリと言って、内田の足の具合を診た。

「——市中取締諸色調掛り同心の内田光司郎様でしたわよね」

「よく覚えて、おいでで。これだけ大勢の与力同心がいるのに、何の取り柄もない私如きを、ありがたい」

「後家殺しなんでしょ」

「それは取り柄とは言えないでしょう。ありもしない噂です。私が男やもめなもので」

「そうでしたか……内田様のお役目は内役でありながら、外廻りが多いので、ごらんのとおり、足を酷使しております」

足の指が扇のように開いて、本来より変形しているというのだ。生まれつきの扁平足に近いのもあるが、毎日毎日、雪駄履きで歩いていると、このように足の指や付け根、足底の骨を痛める。

「その痛みを軽くするために、変に足を傾けたりするので、踝を痛め、今度はこの足を庇うために、膝や腰を痛めることになります。だから、歩くのはしばらく控えなさい」

錦が見解を語ると、内田は納得しながらも、役目だから仕方がないと言った。

「では、雪駄ではなく、草鞋にするとよいですよ。体の重さを程良く分散するので、ずいぶんと楽になりますよ」

「旅をするのではあるまいし、草鞋は……」

格好が悪いと苦笑いした内田に、錦は軟膏を塗ったりしながら、

「鼻緒で擦り切れるのもよくないです。そこから黴菌なども入りますからね。見た目を気にしているときではありません。飛脚や駕籠舁きはみんな草鞋です」

「そうですか……では、帰りに買います」

「素直でよろしい」

「はは……錦先生にかかると、大の大人がみんなガキのようですな」

「似たようなものです」

当たり前のように錦は言ってから、痛みを緩和する漢方の煎じ薬も渡した。

「それにしても、法外な値で売ってないかなどと市中を見廻るのも大変ですねえ。米や菜の物の値の調整をするのは、てっきり算盤仕事かと思ってました」

錦が言うと、内田は吐息混じりに、

「まあ、そうですが……それに付随する仕事の方が大変ですかな」

「付随する仕事……」

「ええ。暮らし向きの貧しい人たちを、巡廻して見守る役目です」

「そんなことを、市中取締諸色調掛りが？」

「そうですよ。江戸の町中の情勢を一番、知っているのは、うちの掛りの者たちですからね。与力八人に、同心十六人、手伝いもおりますが、それで賄うのだから、結構大変です」

「でしょうね……その貧しい人たちというのは……」

「今、私が怪我をしたように、それで明日働けなければ、困ります。世の中には、一日、病などで動けないと、飯も食えない人が沢山おりますからな。その人たちが、何処にどれだけいるかを調べるのも、私たちの仕事のひとつなんです」

「へえ、そうでしたか……ごめんなさいね。知らなくて」

「いや、奉行所の中には地味な仕事がいくらでもありますよ。定町廻りや吟味方が花形ですけれどね。事件や事故って、人の一生でそうそうあるものじゃない。でも、飯は一日三度のことだから」

「たしかに……その援助を、奉行所がするわけですか」

錦が素直に問いかけると、傍で聞き耳を立てていたのか、井上が話に入ってきた。

「内田たちが調べてきたことを、今度は、猿屋町会所に報せて、援助金を案分するのだよ。なあ、内田……だから、何処の誰に、どれだけ支払ってやるかってことを、まず調べなきゃならない。その仕事も、こいつらの勤めってわけだ」

「そうですか、大変ですねえ……」

感心するというより、むしろ同情の目で、錦は内田を見た。

「今もね……ある母ひとり娘ひとりの親子がいるのですが、自分たちの暮らしぶりだって大変なのに、先般の火事で焼け出された人たちのために、朝から炊き出しをしているのですよ。生半(なまなか)な気持ちではできますまい」

「へえ、そんな母娘が……」

「なので、町会所からも、もう少しなんとか援助できないものかとね」

内田が心底、心配そうに言うと、井上は下卑た笑いを浮かべて、

「そうやって、後家殺しの出番てわけか。まあ、せいぜい頑張ってモノにせい。陰ながら応援しておるからな」

とからかったが、錦の方が振り返ってピシャリと言った。

「人が真面目にやっていることを、からかったり邪魔したりする人間は最低です。年番方与力には相応しくないと、遠山のお奉行様に報せておきます」

「ちょ、ちょっと……それは勘弁して貰えないかのう」

「私は与力同心の〝堅固〟だけではなく、上役の部下に対する言動、虐めや嫌がらせがないかも、お奉行に頼まれていますので。それは、町政を与る奉行所という役所として、当然のことと存じます」

錦はサッと立ち上がると、勝手知ったる場所とばかりに奥に向かった。それを必死に追いかけようとする井上に、

「厠(かわや)です。ついて来ないで下さい」

とまた毅然と言った。

たちまちシュンと項垂れる井上を見て、内田は愉快そうに笑った。

三

神田須田町にある両替商『大黒屋』は、かなり悪辣な商売をしているとのことで、定町廻り同心の佐々木康之助は以前から目をつけていた。

悪辣というのは、借金の形として、借りた者の妻や娘を女郎屋に売ったり、店の身代を乗っ取って売り飛ばしたり、老人のなけなしの金を奪い取ったりしていたからだ。そのために自殺をした者も何人かいる。

今後も何をしでかすか分からないから、佐々木は岡っ引の嵐山を張りつかせていた。客に対して因縁をつけたり、ちょっと突き飛ばしただけでもいいから、自身番に引っ張って来させるつもりだ。それをキッカケに悪事を暴く魂胆である。

だが、『大黒屋』の主人・藤兵衛は人前では決して、声を荒らげたり、手を上げたりする振る舞いはしなかった。人を痛めつけるとしても、金でならず者を雇ってやらせるのが常だった。自分の手は汚さない。

「――始末の悪い奴だ……」

嵐山は呟いて十手を握りしめると、

「こうなりゃ、こっちから仕掛けてみるか」

と店の前に向かった。

「ごめんよ。金を借りたいんだがな」

店の中は、帳場に四十絡みの主人・藤兵衛と、土間の所で将棋を指している、手代ふたりだけだった。手代といっても、一見して用心棒を兼ねているのだろう、いかにも目つきが悪くて、腕っ節が強そうな奴らだった。

店に踏み込んだ嵐山を見るなり、藤兵衛の方から、

「あれ、嵐山関じゃないですか」

と声をかけた。

虚を突かれたように、嵐山は立ち尽くした。

「右からの下手投げが得意でしたよねえ。勧進相撲。よく観に行ってましたよ」

「――俺のことを知ってるのかい」

「そりゃもう。大の贔屓でした。すごい力士だと思ってましたが……あんな事件があって、大怪我させられて大変でしたねえ」

「余計なことは言うねえ」

「でも、ありゃ逆恨みだ。嵐山関は何も関わりないのに、相手のならず者は賭け相撲をしてて、あなたが勝ちまくるから、八つ当たりで刀を持ちだしてきて襲った。とんでもねえ奴らでしたねえ」

一気呵成に話すほど、藤兵衛は〝事情通〟だということだ。このように人の裏をネタにして、何かあれば都合良く使おうと考えている輩なのであろう。

藤兵衛は嵐山の十手に気づいて、

「おや……今は御用聞きですか。それは知りませんでした」

と恐縮したように頭を下げた。

「北町の佐々木康之助様にお世話になってる。名前くらい聞いたことがあるだろ」

「お手柄は相当あるそうですが、あまりいい評判は聞きませんね。あ、もしかして……お金を借りたいってのは、そういう意味でございましたか……」

「そういう意味とはなんでえ」

「つまり、佐々木様がよくやってる袖の下ってやつです」

「てめえ……」

「それは、うちでは無理です。呉服商や米問屋など物売りならば、目を瞑ってくれるでしょうが、うちは金貸しなので、妙なことをすれば、すぐに鑑札を取り上げられてしまいますもので、相済みません」

下手に出ているが、何かあれば容赦しないぞという目つきである。将棋を指していたはずの手代も、巨漢の嵐山であろうが怯むどころか、やる気満々である。

——一筋縄ではいかねえな。

と思ったとき、「ごめん下さいませ」と声があって、誰が見ても目を見張るような美人が入ってきた。

けっこうな年増ではあるが、着物は落ち着いた柄の上物で、物腰も穏やかで品性がある。どこぞの大店の内儀であることは間違いないであろう。表情も穏やかで、

「この前まで暑かったと思ったのに、すっかり紅葉が目立つようになりましたねえ」

と言った。

「そうですねえ……さあ、どうぞ」

藤兵衛が座布団を勧めたが、女は座りもせず、

「いつもくらい、宜しく頼めるかしら」

「はい。それはもう」

「悪いわね。来月は纏めて返すから、宜しくお願いしますわね」

大店の内儀風が微笑むと、それこそ観音様のようであった。表にいた小僧が入って来ると、藤兵衛は帳場から用立てた封印小判をふたつ、五十両を持たせた。

「それじゃ……」

軽く頭を下げて、大店の内儀風があっさりとした態度で、表に出ていこうとすると、藤兵衛が呼び止めて、

「――お絹さん……こっちは儲けにならないことをしてるんだから……そろそろあっちの話も宜しく頼みますよ。昔馴染みなんですから」

と、粘ついた嫌らしい声で言った。

お絹と呼ばれた内儀風は、振り返りもせず、そのまま店の外に出て、小僧とともにふらふらと歩き出した。

「今のはたしか……『尾張屋』のおかみだよな、日本橋の呉服問屋の」

「ご存知でしたか」

「そりゃ綺麗な人だから、町方でも評判でな、佐々木の旦那なんざ、用もないのにしょっちゅう立ち寄ってらあな。あの美貌だ。昔はさぞや男を泣かせたんだろうな」

「さあ……」

「おまえ、昔馴染みって言ってたが、よく知ってるのかい」

「知ってるも何も、幼馴染みですよ。ここからは、ちょいと離れてるけど、神田明神下の『だいふく』って長屋に住んでたんだ。そのことには、あまり触れたくなさそうですがね」

『だいふく』という言葉を聞いて、嵐山が「おや？」という顔になると、藤兵衛の方から付け足した。

「親父の長屋です。ちょっとした地所があってね、金貸しもしてました。私は跡を継いで、こうしてちゃんと両替商にもね」

「ちゃんとしたねえ……」

「神田明神下の長屋も、この二十年で何度か火事に巻き込まれたんで、新しく建て替えて、綺麗なもんですよ」

「そうかい……じゃ、今の内儀は、掃きだめに鶴だったってわけか」

「酷い言い草ですね。でも、鶴なら、もう一羽いやしたがね。今のお内儀といつも一緒にいて、ふたりは〝天下娘〟と呼ばれるほど、評判の美人でしたよ」

「今でも美人じゃねえか。で、もうひとりは……」

「さあね。何処でどうしてるのか、噂にも聞きません。あんなことがあってから、親も一緒に長屋を飛び出してしまったから」

「あんなこと……？」

「──ま、そんな話はどうでもいいや」

藤兵衛は断ち切るように言って、

「で、親分さんの用件はなんでしたっけねえ……ああ、金か」

と金庫の中から、小判を二枚取り出して、嵐山に差し出した。俄に不快な顔になる嵐山だが、藤兵衛は微笑んで、

「遠慮はいりませんよ。なんたって嵐山関と知り合えたんだ。お近づきのしるしにどうぞ、受け取って下さい。町方同心の旦那に袖の下を払うくらいなら、親分さんに。さあ」

「……」

「こんなしょぼい商いですが、いつかは間口十間くらいの大店と呼ばれる両替商になりますから、その時にはもっと豪勢に……」

「そうか。なら遠慮なく」

嵐山は受け取ると、サッと懐に入れて、

「それにしても……『尾張屋』といえば、江戸で屈指の呉服問屋だ。その内儀がなんでまた、金を借りなきゃいけないのだ」

「さあ……人には色々と都合ってもんがあるんじゃないんですかねえ」

その事情を知ってか知らずか、藤兵衛は曖昧な笑みを湛えていた。嵐山は何かあるなと思いながらも、店の表に出ていった。

「親分さん。今後とも宜しくお願い致します」

藤兵衛は声をかけたが、その顔から笑みが消えると、手代たちに小声で言った。

「探りを入れていたみたいだが、こっちは別に疚(やま)しいことはしてない。調子づいて、まだ金をせびりに来たら……」

「分かってます」

同時に手代たちは頷いて、険悪な視線を立ち去る嵐山に向けていた。

四

深川富岡八幡宮の表参道は二の鳥居近くに、『桔梗』という茶店があった。多くの参拝客が、団子を食べながら茶を啜る止まり木のような素朴な店だった。

桜は、ここで働き始めて二年になるが、すっかり看板娘になって、主人夫婦の本当の娘かと勘違いされるほどだった。

母親似の美形で、根っから明るい桜は誰からも好かれており、まだ十六なのに早くも嫁に来てくれないかと頼まれるほどの評判の良い娘だった。桜会いたさに日に何度も訪ねてくる若い衆もいた。

深川は潮の香りと材木の匂いが、なんとなく風に染み込んで漂っている。それは、ここに住んでいる人々を安堵させるとともに、深川気質を湧き上がらせるものでもあった。

富岡八幡宮の祭りは、江戸市中から押し寄せる見物客で溢れるほど盛大だし、かの紀文が残した大神輿もある。また勧進相撲も行われ、木場の鳶などの威勢の良さもあって、町の中がいつも熱気に溢れていた。

立派な神社がありながら、その境内ですら、時に喧嘩の声も聞こえる。今日も、突然、ざわついた雰囲気が広がった。

「なんだと、てめえ。やろうってのかッ」

いきなり、ならず者風の声が聞こえて、野次馬が足を止めた。

だが、啖呵を切っていたのは、まだ二十歳くらいの商家の若旦那風の男だった。上等な絹の羽織姿である。それに従っている数人の半端な若い衆と一緒に、通りすがりの職人風に因縁をつけているだけだった。

「てめえから、ぶつかってきやがったんじゃねえか。そっちが謝れ」

若旦那風は目尻を上げて、相手を怒鳴りつけた。職人風の方も負けていない。

「兄ちゃん。威勢のいいのは買ってやるが、怪我するのはおまえの方だぜ。喧嘩を吹っかけるなら、相手を見てやるんだな」

職人風は脅しをかますように言ったが、次の瞬間、若旦那風はいきなり相手の金的に足蹴を食らわした。同時に、他の若い衆たちが、職人風に殴りかかり、石畳に引きずり倒し、容赦なく蹴り始めた。

「うわっ……やめろ、このやろう！」

頭を抱えて悲鳴を上げる職人風の背中を、若旦那風は思い切り蹴って、

「そっちこそ、舐めんじゃねえぞ、こら。このド貧乏が！」

と声を荒らげてから、唾を吐きかけた。感情のままに、自分でも止められないほど昂ぶっている様子だった。

「やめなさいよッ。それ以上やったら死ぬわよ」

声をかけたのは、桜だった。

店から目と鼻の先だから、野次馬に混じって喧嘩を見ていたのだが、思わず口から出てしまったのである。

怒りの顔で振り返った若旦那風だが、桜を見て、目を見張った。その美しさに、一瞬、打たれたように立ち尽くした。だが、すぐに元の険悪な表情に戻ると、

「ほう。可愛い顔して、俺たちにケチつけようってのかい」

「大勢でひとりを……恥ずかしくないんですか」

桜に近づいた若旦那風は、その顎に手を当てながら、舐めきったような顔で、

「文句あるのかよ。あの男は、おまえのなんなんだ。親父か、親戚か」

「……」

「関わりないなら、余計なことはしない方がいいな。ほら、見てみなよ。みんな知らん顔をしてるじゃねえか。それが利口ってもんなんだよ。つまらないことに関わると、この可愛い顔に傷がつくぜ」

脅してはいるが、まだ若造である。それほど迫力がないので、桜は逆に腹が立ってきたのか、手を振り払って、

「上等よ。傷つけたきゃ、やってみなさいよッ。その代わり、あんたもぶっ殺す」

と居直ったように睨み上げた。

「おお、怖ッ……こんな可愛い顔して、口が悪いねえ。おまえ、どこで働いてんだ」

若旦那風は、桜が襷がけに前掛け姿なので、茶店女だと察したのであろう。

「俺たちに一杯奢れや。そしたら、許してやっからよ」

と言った途端、バシッとその頬を、桜が叩いた。

「い、痛え……」

若旦那風は思わず自分の頬に手をあてがい、

「何するんだよ、このアマ」

「叩かれたら、痛いんだよ。それくらい分からないのか、この唐変木」

若い衆が、桜の両腕を摑んで取り押さえようとしたが、なぜか若旦那風は止めて、

「こういう気の強い女もたまらんなあ……気に入った。俺の女にしてやる」

「ふざけないで」

「生娘だろ。俺がたんまり可愛がってやるから、さあ来な」

無理矢理、若旦那風が連れて行こうとしたところへ、

「やめな」

と近づいてきたのは、内田だった。草鞋履きで、少し足を引きずっている。

「そんな真似をしていると、親の顔に泥を塗るぞ。いや、塗りたくてやってるのか」

「なんだ、おまえ……町方同心か。それにしちゃダサい成りだな……草鞋かよ」

若い衆の兄貴格が、役人だろうと構わず、突っかかろうかという態度だった。だが、若旦那風はそれを制して、

「泰次——こんなサンピン相手にしなくていい。いつも俺の所に袖の下を貰いに来てる奴の仲間だ。いい気になるなよ。いつだって、おまえなんか辞めさせられるんだからな」

と言ってから、桜を振り返った。

「名は、なんてんだい」

「……」

「調べりゃ、すぐ分かるよ。そのうち迎えに来るから、首を洗って……いや、体を綺麗に磨いて待ってな」

笑いかけた若旦那は、「泰次、行くぞ」と若い衆を引き連れて、富岡八幡宮の境内から、ぶらぶらと立ち去って行くのだった。

「——誰なんです、あれは」

桜が訊くと、内田は首を横に振って、

「あんな輩とは関わらない方がいい。それより桜ちゃん、危ない真似はいけないよ。おっ母さんが心配するから。怪我はないかい」

と心配そうに言ったとき、

「娘さん……ありゃ、日本橋の呉服問屋『尾張屋』の跡取り息子、政吉でさ」

そう言ったのは、奴らにボコボコにされて、体中傷だらけで立ち上がってきた職人風だった。その血濡れた口元が不気味に笑ったように見えたが、桜は気づかなかった。

「──『尾張屋』……それって、もしかして……」

桜は思い当たる節があったが、胸の中に仕舞い込んだ。

その複雑な表情を見ていた内田は、何をか察したが、店まで連れて帰ってやるのであった。桜はなぜか急に押し黙って、表参道を永代橋の方へ向かっている政吉たちを見ていた。

政吉たちはまだ乱暴な口調や態度で、通りすがりの人たちを脅している。不満の捌け口を探しているような様子だった。

五

日本橋は北町奉行所の真ん前にある呉服町の表通りに、『尾張屋』はあった。百年以上前の正徳年間、あの絵島生島事件と関わりがあったという後藤家に隣接している。

場所柄、人の出入りが多く、店の中は武家の奥方や商家の内儀、娘らが何人も着物合わせにきていた。呉服商は相手の屋敷に出向くのがふつうだったが、「尾張屋に行く」ということが、ひとつの〝社会的地位〟でもあったため、客足は途絶えなかった。

ここが尾張徳川家と繋がりがあることも、大きな理由だった。呉服関係に拘わらず、米問屋や材木問屋、木綿問屋、油問屋から両替商や札差まで、江戸のあちこちから出向いてきて、この店で商談までしていた。

主人の新右衛門は呉服問屋組合の肝煎りでもあるから、この店で寄合を開くことも度々あった。まだ四十過ぎの壮年でありながら、江戸の呉服問屋を束ねる立場なのは、代々続いている老舗であり、尾張徳川家の御用達商人であることも大きい。

綺麗に着飾った奥方や娘が沢山いる店内に、場違いな町方同心がぶらりと入ってきた。佐々木康之助である。

客の相手をしていた番頭の丹兵衛は、すぐさま佐々木の前に行き、店の隅っこの

方に案内しながら、

「いつもご苦労様でございます。すっかり寒くなりましたねえ」

と財布から小判を出して、さりげなく懐に差し入れた。

「気が利くなあ。丁度、懐が寒かったんだ」

「とんでもございません。呉服橋を挟んで、北町奉行所様とはご近所も同然。挨拶代わりでございます」

謙った態度ではあるが、先代から仕えている奉公人だけあって、老獪というのに相応しい顔つきである。決して隙を見せないのは、老舗の番頭としての誇りもあるのであろう。

「今日は、こういうつもりじゃなかったのだがな」

佐々木は軽く袖を振ってから、

「ちょいと訊きたいことがな……神田須田町の『大黒屋』という両替商を知ってるかい。高利貸しに毛が生えた程度の店だがな」

「いいえ、存じ上げませんが」

「知らないのか」

「はい……その店が何か」

訝しげに問う丹兵衛を、佐々木はさらに人目のつかない土間の奥に連れていき、

「内儀のお絹……だったかな……が、時々、訪ねているようなのだ」

「おかみさんが？」

丹兵衛は本当に知らない様子だったが、佐々木は何か摑めると思って話を続けた。

「どうやら、幼馴染みらしいんだ。その『大黒屋』の主人とな……別に色っぽい話じゃないんだが、どういう関わりかと思ってな」

「はあ……」

「俺の手の者の調べじゃ、そこそこ金を借りてるみたいなんだ」

「えっ。まさか……」

信じられないと、丹兵衛は首を振った。

「それが事実なのだ。いくらかは知らないが、かなり借りてる様子だったぜ。この前も、五十両ばかり受け取った」

佐々木が、嵐山から聞いた話を付け足すと、さらに丹兵衛は驚いた。

「これだけの大店の内儀が、番頭のおまえにも黙って借金するとは、これ如何に

……店や旦那に隠してることでもあるのかねえ」

「分かりません、私には……」

「その『大黒屋』ってのは少々、タチの悪い金貸しでな。ハッキリはしてねえが、人殺しだってやりかねない奴なんだ」

「ええっ……！」

「だから、気をつけておいた方がいいと思ってな。忠告したまでだ」

と佐々木はさりげなく奥の方を窺ったが、お絹の姿は見当たらなかった。

「あれだけの器量よしだ。何か間違いがあってはいけないと思ってな……何かあったら、ご近所だ。すぐに報せてくれ。これは〝耳打ち料〟として貰っておくぜ」

また袖を振って、佐々木が立ち去ろうとすると、

「若旦那はいらっしゃいますかねえ。政吉さんでございますよ」

声があって、職人風の男が店に入ってきた。

昨日、富岡八幡宮で、政吉たちに寄ってたかって殴る蹴るされた者である。頭から肩や腕、腰から足まで白い晒しを包帯のように巻いており、杖もついている。いかにも怪しげな態度である。

表には駕籠が停まっている。それに乗ってきたのであろうか。丹兵衛は佐々木に頭を下げると、飛ぶようにして、職人風の男の前に出ていった。

「番頭の丹兵衛でございます。お客様は、どちら様でございましょうか」

「この怪我を見てくれよ……」

「はい……大変そうですが、何か……」

「何かじゃねえよ。ここの政吉とその連れにやられたんだよ。これじゃ、二月や三月、仕事に行けねんでな、どうにかして貰いたくて、はるばる深川から来たんだ。ああ、表の駕籠代も頼まあ」

因縁を付けているようだが、佐々木は土間の奥から、しばらく様子を見ることにした。自分も袖の下を貰う身だが、強請(ゆすり)たかりは犯罪である。許せないと思った。

しつこく職人風の男が大声を上げるので、客たちは怖がっている。

そこに——主人の新右衛門が奥から出てきて、

「私がお相手致します。主人の新右衛門でございます。政吉の父でもありますが、うちの息子が何か粗相を致しましたでしょうか」

大店の商人らしく、堂々としている。

それに比べて、職人風は卑屈そうな態度だが、丁寧に名乗った。

「深川の材木問屋に雇われてる、木挽きの万五郎って者ですがね。昨日……」

富岡八幡宮の境内でからまれて、殴る蹴るされたことを伝えた。大勢の野次馬もいたし、町方同心が止めに入ってくれたことを伝えてから、金の要求をした。

「申し訳ありませんが、俄には信じられません」

新右衛門はハッキリと否定した。

「おたくの若旦那ってことは、分かってるんですよ」

「こんな目に遭わせた奴が、政吉だと名乗ったのでしょうか」

「名乗ってはいねえが、確かなんだ」

「どうも話がよく理解できません。つまり、名乗ってもないのに、うちの息子だと分かったのは、どうしてでございます。それとも、前々から、顔見知りとでも？」

「……」

答えに窮した万五郎に、新右衛門は追い詰めるように言った。

「こうやって金をせびりにくる者は、それこそ毎日のようにおります。まさしく因縁をつけるというやつです。ですがね、万五郎さんとやら、うちの子が、そんなことできるわけがないんです」

「なんだと……」

「どちらかというとひ弱な奴でね。力仕事は不得意。その代わり、学問所は飽きずに、湯島の方に毎日、通ってます」

「……」

「だから、富岡八幡宮なんぞに行くわけがないのです。人違いでしょ。お引き取り下さい。あ、番頭さん、駕籠代は帰りの分も、払っておやりなさい。この御方は、何か勘違いをしたのでしょう」

あしらって背中を向けたとき、店の表から、政吉が帰ってきた。今日はひとりだが、万五郎の顔を見た途端、勘づいたのであろう。「あっ」と声を洩らして逃げようとした。

「こいつですよ。ご主人。あんたの息子じゃないんですか」

今度は居直ったように険悪な顔になって、万五郎は杖をつきながらも後を追おうとした。訳が分からない新右衛門は、困惑の表情を浮かべたが、何処かから見ていたのか、奥座敷の方から、お絹が出てきた。

「政吉のことは、私が……」

と履き物を履いて、お絹は追って出ようとした。

「――おい。どういうことだ。おまえ、何か知ってるのか」

新右衛門が声をかけたが、お絹は慌てて店の表に出た。すぐ近くの路地の向こうに、政吉はさっさと逃げ去って、その先の通りを曲がって姿が見えなくなった。

万五郎は懸命に追いかけようとしたが、諦めたように立ち止まった。

「お待ち下さい、お待ち下さいまし」

追ってきたお絹が声をかけた。切羽詰まったような顔だが、その立ち居振る舞いは、やはり大店の内儀だけあって品があった。

「私は内儀のお絹と申します。どうか、これでご勘弁下さい」

お絹は紙に包んだ金を手渡した。

「十両あります。足りなければ、また後で十両お届けしますので、どうか……」

哀願するように頼むお絹を、万五郎は意外な目で見ていたが、

「おふくろさんかい、あいつの……」

「はい。申し訳ありません。二度とこのようなことはしないよう、きつく言い聞か

せますので、どうかご内聞にお願い致します」

「──まあ、そこまで言われちゃよ……」

まんざらでもない顔で、万五郎は小判を確かめて懐に入れようとした。

その時、佐々木が雪駄で地面を擦るように歩いて来ながら、

「おかみさん。そりゃ駄目だぜ」

と言うと、万五郎も凍りついたようになった。

振り返ったお絹はバツが悪そうに、

「いいのです……旦那には関わりないことですので……」

「一度が二度、二度が三度と繰り返されるぜ。その手の輩だよ」

「……」

「『大黒屋』で金を借りてたのは、息子の尻拭いのためかい」

「えっ……！」

お絹は吃驚して、佐々木の顔をまじまじと見た。

「こんなことをしても、息子のためにはならないと思うぜ。こいつはおそらく、『尾張屋』の息子だと知って、因縁をつけられるように仕向けたんだろうぜ。でな

けりゃ、まずは自身番に駆け込んでたはずだ」

佐々木が睨みつけると、万五郎は目を逸らして、「じゃ、あっしはこれで」と何事もなかったように立ち去ろうとした。その足を、佐々木が払った。

するとと、万五郎は踏ん張って、

「なにしやがるんでぇッ」

と、ならず者の地金丸出して、佐々木に怒鳴りつけた。

「怪我人になんてことしやがんだ！」

すると、そこへ――『尾張屋』の勝手口から、錦が出てきて、万五郎の腕を包帯の上から軽く叩いて、頭や腰も指先で触れた。

一見して女医者と分かるいでたちではない。ただの若い女である。

「いい所へ来てくれた。はちきん先生」

「私は『尾張屋』にお邪魔してただけです。奥様が着物を譲ってくれるというので、離れで色々と選んでいたんです。たまには、女らしくと思いましてね」

「へえ。先生が綺麗に着飾ってるところも、一度でいいから見てみたいものだな」

佐々木が余計なことを言っている間に、万五郎は立ち去ろうとしたが、錦は腕を取って肩の関節を外した。すると、腕がだらんと下がり、操り人形のようになって動かなくなった。

「アタタタ……何しやがるッ」

悲鳴のような声を上げた万五郎に、錦は他の所もあれこれいじりながら、

「本当は大した怪我じゃないですよね。肩を脱臼したように板を晒しで巻いてるし、足も骨折したみたいに固めているけど……歩きにくそうだから、ほら」

と全身に巻いていた晒しや固定するための支え棒などを取り払った。そして、痛がっていた脱臼した肩もすぐに直した。西洋医術、漢方医学、骨接ぎ術、なんでもござれの錦による、鮮やかな荒治療である。

「これだけ怪我してたら動けませんよ。仮病ならぬ、〝仮怪我〟ってんですかね。だから、一文たりとも払ってはだめですよ」

「て、てめえら……」

万五郎は手にしていた杖を振り廻して逆らおうとしたが、そのまま膝が崩れた。

「あら、ごめんなさい。膝を入れ忘れてたわ。あはは」

錦はからかうように笑ったが、佐々木は半ば呆れた顔をして、万五郎を引っ立て

た。どうせ余罪があるだろうから、たっぷりと絞ってやると脅しながら連れ去った。

呆然と見送るお絹の背中にそっと触れて、

「おかみさん……ひとりで悩まない方がいいですよ。私で良かったら、ね……」

と慰めるように言った。

だが、嫌な場面を見られたのを恥じたのか、お絹は少し憤ったように、

「余計なことをしないで下さいな……あの子に何かあったら、どうするんですか……親切ごかしは沢山です。ほっといて下さい」

と強く言うと、政吉が逃げた方に小走りで行くのであった。

錦は心配そうに見送るしかなかった。

だが、その場を見ていたのは、他にもいた——通りの向こうに、吃驚したように立ち尽くしていたのは、桜だった。

六

茶店『桔梗』に、ふいに政吉が姿を現したのは、そんな事件があってから、数日

後のことだった。

秋雨が蕭々と降る日で、かろうじて残っていた紅葉も、濡れ落ち葉になっていた。

雨の日は参拝客は減る。日も暮れかかってきたので、店を閉めようとしたとき、番傘を閉じて入ってきたのが、政吉だった。

「いいかな……茶を一杯」

先日とはまったく別人のような穏やかな顔つきで、物腰も柔らかかった。

「あ……ええ……」

困った顔になる桜に、店の女将は先日のろくでなしだと分かったのか、

「あんたみたいなのに食わせる団子はないよ。因縁付けられたら、たまんないからね」

と悪し様に追い返そうとした。小肥りで迫力がある。だが、桜の方が庇うように優しい声で、女将に言った。

「この人は、呉服問屋『尾張屋』の若旦那さんですよ」

「――そりゃ、聞いたけれどさ」

「わざわざ来てくれたんだから、ちょっとだけいいですか」

桜が頼むと、女将は奥にいる主人と頷き合ってから、

「日が落ちたら、閉めるからね」

と言った。

あの後、両親との間に何かあったのだろうなと、桜は勝手に解釈していた。

まず皿に、みたらし団子を一本だけ乗せて差し出し、茶を運んできた。出口に近い席に座っていた政吉は、団子にも茶にも手をつけず、じっと桜を見つめ、

「この前は、済まなかった……」

「食べて下さい、団子。あなたのようなお坊ちゃまのお口に合わないかもしれないけれど、みんなに愛されてる味です」

「あ、ああ……」

政吉は素直に、みたらし団子を口に運んだ。ひとつ食べて、微かに微笑んで、

「美味いよ……香ばしい甘さってのかな」

「でしょ。だから、ちょっと苦めのお茶がとっても合うの」

頷いた政吉は、あっという間に一本をたいらげた。そして、気持ちを落ち着かせるように、ゆっくりと茶を飲み干した。

「あの……」

同時に、桜と政吉が言った。

「どうぞ。そちらから」

桜が勧めると、一瞬、言いだしかねたが、思い切ったように、

「俺の嫁さんになってくれないかな」

と言った。

途端、奥で茶を飲んでいた女将が噴き出した。それには気づきもせず、政吉は真顔で、桜に迫った。

「本気なんだ。この前の平手……あれが利いたんだ」

「なに、それ……」

拒む目になる桜に、追い詰められたような表情で、政吉は続けた。

「あんなふうに親に叩かれていたら、俺ももう少しマシになってたかもしれないが、なんか打たれた気持ちになった」

「いい年して、甘ったれてるんですね」

「……」

「私には無理です。到底、あんな大店のお嫁さんなんか務まりません」

「あんなって、知ってるのかい」

「そりゃ有名ですもん。おっ母さんも大変だったんでしょうね」

「えっ……」

因縁をつけに来た男に、母親が金を払おうとしたのを見かけたことは話さなかった。本人は当然、分かっているはずだからだ。しかし、一言、余計なことを言いたくなったのは、桜の性分なのであろう。

「乳母日傘で育った人とは、相容れないと思います。身の丈にあった暮らしがいい。私は私、あなたはあなたの」

「……」

「おっ母さんもね、その昔、大店の御曹司に言い寄られたんだって。けど、うまくいかなかった」

「……」

「でも、今が幸せだって。私もそう思う。だから私がいて、あなたはあなたで、こうして生まれてきた……って、八幡様なら言うと思うよ。よく分からないけど」

まるで、桜の方が年上のように、説諭する如く話した。

「あ、もう日が落ちた……秋の夕暮れって早いのよねえ……ここのお代はいいから。私の奢り。また八幡様に参拝しに来たときには、どうぞおこし下さいませ」

桜が冗談めいてはいるが、突き放すように言うと、政吉は思い詰めたように立ち上がって、深々と頭を下げた。

「このとおりです。俺は、あなたと本当に添え遂げたいのです。お願いします」

急に丁寧な言葉遣いになったが、桜はハッキリと断った。

「いやです。だって、お互い何も知らないじゃないですか」

「だから、今すぐとは言いません。これから、少しずつでいいから……」

困り顔になって桜が奥を見ると、すでに女将が近づいて来ていて、

「嫌がってるじゃないか。いい大人がみっともないよ。あんたにはあんたに相応しい人がいる。私とうちの亭主みたいにね」

今度は奥で、主人が茶を噴き出した。

「これ以上、しつこいと嫌がらせになっちまうよ。さあ、お帰りなさい」

突き放すように言って、女将は立てかけてある番傘を差し出した。政吉は受け取

ったが、すぐには立ち去ろうとはしなかった。

「俺は本気です。何度でも訪ねてきます。そのことを許して下さいませんか」

「あんたねえ……」

女将が突き飛ばすような仕草をすると、桜はとっさに店の表に飛び出して、

「じゃあ、来てみて下さい。あなたと私では不釣り合いであること、ちゃんと見せてあげます。さあ、来て」

と表参道から富岡八幡宮の裏手の方に、小走りで行き始めた。思わず追いかけた政吉は、桜に傘を差し掛けた。

心配そうに女将は見送ったが、主人が苦笑いで、

「桜の方も、まんざらでもないんじゃねえか。昔のおまえのようによ」

「バカ言うんじゃないよ」

傘を取って追いかけた。胸騒ぎがしたからである。

だが、桜が政吉を連れてきたのは、自分が住んでいる小さな長屋だった。

木戸口を潜ったところで、桜は奥の部屋を指した。

雨が降っているせいで蒸すのか、障子窓を少し開けており、行灯がともっている。

狭い部屋の中には、おちかがいて、着物の布地を広げて繕いものをしている姿が、ちらっと見えた。

「ここが私の住まい。そして、あれが私のおっ母さんです」

政吉も目を凝らすように見ていた。

「……」

「おっ母さんは、近くの洗い張り屋で働いてます。朝から晩まで、着物の糸を解いて、バラバラにして洗って。布って濡れると、とても重いんですよ。それから、陰干しして、また縫い合わせる。間に合わないときには、ああして、家に持ち帰って夜なべで……」

雨の音に混じって、桜は少し泣き出しそうな声で言った。

「でもね、愚痴のひとつも聞いたことがない。いつも明るくて、近所の人にも好かれてる。自分たちだって食べるのがカツカツなのに、溜めたお米を炊き出しに使う……おっ母さんは私の鑑です」

「……」

「どうですか。こんな所で生まれ育った女を女房にしたいですか」

桜は振り向いて、政吉を見上げて、

「別に私は卑下して言っているわけじゃありません。生きている世間が違う。それだけです……『尾張屋』さんで仕立てる絹の着物と、ああして洗い張りをする木綿の着物の違いみたいにね」

「……」

「分かったでしょ。さようなら」

最後は小さな声になって、桜は長屋の方に駆けていった。

扉を開けるなり、桜は「ただいま」と元気な声で言うと、部屋の中からは、おちかが「なによ、傘も持ってないの」などと、ふたりが騒ぐような声が聞こえてきた。

その灯の中に揺れる、ふたりの影をしばらく見ていた政吉は踵を返した。

木戸口の所に、女将が立っていた。吃驚したように見る政吉に、

「二度と来るんじゃないわよ」

と睨みつけた。

政吉は何も答えず、駆け去っていった。

七

それでも、政吉は毎日のように、『桔梗』に訪ねてきた。

参拝客に混じって、ただ団子を食べて、茶を飲むだけのときもあった。桜に何か話しかけても、接客で忙しいから、返ってくるのはせいぜい二言三言であった。

時には、櫛や簪(かんざし)など小間物を土産代わりに持ってくることもあったが、桜は決して受け取ることはなかった。その都度、政吉も、

「そうかい。じゃ、嫁に来たときまで取っておくよ」

などと言って誤魔化していた。

学問所のある湯島までいって、そこからわざわざ富岡八幡宮まで来るのが、苦痛にならないようだった。

冬の北風がきつくなっても同じだった。そのうち、富岡八幡宮に参拝するとか、大横川沿いの土手を散策するとか、少しだけ時を共にするようにもなった。茶店の夫婦は呆れていたが、見守るしかなかった。

そんなある日、晴れてはいるが、木枯らしが強い日だった。

いつものように、政吉は出入り口に近い所に座って、団子を食べていた。

「――こんな所に来てたのですか」

急に声をかけられて、表を見ると、そこには深い朱色っぽい着物姿のお絹が立っていた。まさに寒椿のようだった。

「毎日毎日、帰るのが遅いと思ってましたが……近頃は、あの泰次らとは付き合ってなさそうですが、どうしてこんな深川くんだりまで来てるのです」

「まあ、気晴らしです……おふくろも、一口どうです」

政吉がみたらし団子を掲げた。お絹は着物が汚れるというような仕草で、

「お父さんも心配しているから、帰りましょ」

と言ったが、政吉は腰に根が生えているように動かない。

「どうして、ここが……?」

「あなたは『尾張屋』の跡取りですからね。そりゃ、あちこちで見かけた人が、教えてくれるんですよ」

「あちこちね……どうせ手代に尾けさせたんでしょ」

「またそんなことを……心配しているから言っているのです」

「あ、丁度、よかった」

政吉は立ち上がると、母親を店の中に連れ込んで、

「紹介するよ、桜さん……俺のおふくろだ」

と奥に声をかけた。

すぐに厨房の中から、桜が顔を出して、「ええ？」と訊き返した。

「おふくろだよ。もしかしたら、姑になるかもしれないんだから、ほら」

ここぞとばかりに、政吉はふたりを引き合わせようとした。

桜の顔を見た途端、お絹は凍りついた。昔馴染みと瓜二つだったからである。

「!?――」

あまりにも衝撃的な表情になったので、ふたりの方が驚いた。

お絹は思わず、ぼそっと口から、

「――おちか……」

と名前を呼んだ。その声は小さかったが、桜と政吉には、はっきりと聞こえた。

途端、お絹は血相を変えて、政吉の手を握ると店の表に引っ張り出した。

追ってきた桜は、ペコリと頭を下げて、

「もしかして、お絹さんですよね」

と声をかけた。すると、ますますお絹は険しい表情になって、

「どういうつもりなんです。あなた、政吉に何をしようってんです」

いきなり罵声を浴びせるように言った。

「いえ、私は……」

困る桜を庇うように、政吉は正直に嫁に貰いたいと考えている娘だと話すと、お絹はさらに強い口調で、

「政吉を誑かしていたってのは、あなたなの……なるほど、そういう魂胆ですか……金輪際、うちの息子とは関わらないで下さい」

と、きつく言い放った。

「なんだよ、いきなり。おふくろ、何を言い出すんだよ」

「政吉。この娘は、八幡裏の小汚い長屋に住んでる娘です。母ひとり子ひとりのね。そうでしょ。あなた、おちかの娘だわよね」

「そうです……」

桜は素直に頷いたが、お絹がどうしてここまで興奮しているのかは、理解できなかった。ただ、母親が抱いている気持ちとは正反対かもしれないと思った。

「やっぱりね……私に何か恨みでもあるのですか」

お絹は憎々しく口元を歪めて言うと、桜は訊き返した。

「どういうことでしょう」

「惚けなくても結構です。政吉に色仕掛けで近づいて、玉の輿に乗ろうって魂胆でしょうが。復讐のつもりですか」

「……」

「ええ、私は調べてましたよ。おちかが何処で何をしてたかってこともね」

偉そうな口振りになって、お絹は続けた。

「政吉……この娘はね、おちかが行きずりに関わった男との間に出来た子。父親が誰かも分からないんですよ。ふしだらな女の産んだ娘なんです」

「どういうことだよ、おふくろ。いい加減にしろよ」

政吉は止めたが、お絹は怒りが込み上げてきたのか、

「あなた……おちかから、私のこと聞いてるわよね。それとも知らないの」

「――聞いたことはあります」

「ほら、ご覧なさい。なのに、政吉。この娘は、自分の母親と私が幼馴染みだと知っているくせに、あなたには一言も言わずに近づいてきた。そういう魂胆だったのよ。分かるでしょ。あなたをたらし込むためよ。おちかが、そうしろって言ったのね」

「違います。それに、私は父親が誰かは知りませんが、おっ母さんは、こうしてちゃんと育ててくれました」

桜がキチンと言い返すと、お絹は鼻で笑って、

「そういうところも同じね。とにかく、金輪際、この子には関わらないで下さい」

と強い口調で言ったとき、バサッと頭から水をかけられた。目の前には、店の女将が柄杓（ひしゃく）を手にして立っている。

「人の店の前で、がちゃがちゃうるさいわねえ。他の客に迷惑だよ」

「な、何をするのです……」

崩れた髪を気にしながら、お絹は睨み返したが、女将はまた水をかける真似をして、

「おたくの大事な跡取り様が、片恋慕して来ているだけです。こっちから、お断り

だい。とっとと帰っとくれ」

と言うと、お絹は政吉の手を引いて帰ろうとした。だが、それを振り払って、

「おふくろ……もういいよ」

「何がです」

「俺はこの人と、桜さんと一緒になると決めたんだ。俺の一目惚れだ。まだ桜さんからは許しを貰ってないけど、そのうち店に連れていこうと思ってた」

「馬鹿なことを……」

「本気なんだ。でも俺は……」

政吉は決然と、お絹をじっと見据えて、

「親父がおふくろによく言ってるように、『貧乏人の出のくせに、贅沢な暮らしができてありがたく思え』とか、『俺の言うとおりにしときゃいいんだ、息子がひねくれたのはおまえのせいだ』とか……そんなことは、桜さんには絶対に言わない」

「――おまえ……」

「俺だってバカじゃないよ。おふくろと、桜さんのおっ母さんのことは、とうに調べてるよ。『大黒屋』の主人からも聞いてるよ」

「えっ……」

「だから、もう……俺の尻拭いはいいよ。親父には俺がちゃんと言うから……辛い思いさせた。すまなかったな、おふくろ……」

優しくそう言うと、政吉は女将から柄杓を取って、傍らの桶から水を掬うなり、頭から水をかぶった。

「ふわ……意外と冷てえ……」

飛び上がった政吉に、桜は指さして笑いながら、

「雨の日は傘をさすのに、晴れてるときは水を被るんだね。あ、もしかして、涙を隠すためじゃないの」

「違うよ」

「あ、図星だ。そうなんだ、あはは」

「違うったら、違う」

「素直に認めなさい。お母さんに、もっとちゃんと謝りなさい。ひねくれて悪かったって。ごめんなさいって」

明るく振る舞って、政吉をからかう桜の姿に、お絹は耐えられないように、その

場から離れた。そして、道端にしゃがみ込むと、嗚咽するように泣きだした。

その翌日、おちかの長屋に『大黒屋』の主人・藤兵衛が訪ねてきた。

着物の縫いつけをしていたおちかは、手を止めて出迎えたが、相手が誰か分からなかった。藤兵衛の方はなぜか嬉しそうに、にこにこと笑いかけている。

「俺だよ。分からないかい……『だいこく』長屋の藤吉だよ」

おちかは吃驚して、狭苦しいところだけどと招き入れた。藤兵衛はすぐに帰るからと、上がり框に腰掛けて、

「懐かしいな。二十年ぶりくらいか……おちかさんが、うちの長屋から出ていったきりだからよ……でも深川の八幡様の所にいるとは、知らなかったよ」

「藤吉さんは、後を継いで……」

「ああ。親父は十年前に死んでしまったし、ちょっとした両替商もしてる。神田須田町の方でな。なんとか生きてきたよ」

藤兵衛は言いながら、古い長屋の室内を見廻して、

「ずっと苦労してきたんだな」

と呟いた。

「いいえ。これが当たり前ですから……でも、どうして、ここが？」

「お絹さんに聞いたんだよ」

「えっ、お絹さんとはまだ付き合いがあるのですか」

「ああ。向こうは天下の大店だからよ、うちも商売に絡ませてくれって頼んでんだが、どうも色よい返事はなくてな」

「でも、どうして、お絹さん、私のことを知ってたんだろう」

「気になって調べてたんじゃないか。娘は、桜ちゃんってのか……それも、お絹さんから聞いたよ。富岡八幡宮近くの茶店だろ。俺もちょこっと覗いてみたけどよ、ほんと、おちかさんの若い頃に生き写しだ」

「ええ……」

おちかは訝しげに藤兵衛の顔を見た。

「お絹さん、私がここにいること知ってるのなら、訪ねて来てくれてもいいのに」

「そりゃ、無理だろ。あんな酷いことをしたんだからよ」

「酷いこと……？」

「おまえさんから、『尾張屋』の若旦那を奪ったことだよ」

「そんな古い話……それに、奪ったんじゃなくて、若旦那の方が……」

「あの時は、お絹さんの家の方も色々あって、ほら、親父が大の博奕好きだったただろ。あちこち手を廻して、強引に嫁にした……忘れたわけじゃあるまい」

「……」

「それに、お絹さんの方だって、まんざらではなかったはずだ。おちかさんを出し抜いたつもりだったと思うぜ」

「そんなこと……」

「疚しい気持ちがなけりゃ、訪ねてくるだろう。おまえさんは訪ねにくいもんなあ。向こうの旦那だって、会いたくはないだろうし」

おちかは急に黙り込んだ。藤兵衛は誤魔化すように、

「すまねえな、こんな話……俺はよ、おちかちゃんのこと、本当に惚れてたから。もし一緒になってたら、どうなってたかな」

と言ったが、おちかの方は「一緒になろう」と告白されたことも覚えていなかった。藤兵衛は、今でも独り者だと苦笑いして、

「今日、来たのは他でもない。これを……」

と切餅を四つ置いた。百両の大金だ。

「小判じゃ使いにくいと思ってよ。朱銀で用立てた」

「なんです、これは」

「お絹さんから頼まれたんだ。これで勘弁してくれってな」

「どういう意味か分かりませんが」

「俺も詳しいことは知らないがよ、桜ちゃんと政吉とのことは、きれいさっぱり忘れてくれってことだ」

「えっ……何のことです」

おちかは理解できないので、金を押し返そうとしたが、藤兵衛は押し止めて、

「といっても、これは俺の金だ。お絹さんとは色々とあってな……こんなこと言っちゃなんだが、百両くらい、今の俺にはどうってことない金だ。遠慮しないで受け取ってくれ」

「だめですよ、そんな……」

「桜ちゃんは、あんたに似て別嬪さんだ。引く手数多だよ。嫁入り支度にでもして

くれ。それがせめてもの……」

と言いかけて止めて、

「――とにかく、幸せにな……これが俺の最後の仕事なんだ」

「藤吉さん……なんですか、いきなり……」

「じゃ、俺はこれで」

笑顔で藤兵衛は立ち上がると、表に出た。そして、ゆっくりと木戸口の方に向かっていくと、そこには嵐山が待っていて、

「今生の別れはできたかい」

と言った。

「へえ。お気遣い、ありがとうございました……」

深々と頭を下げる藤兵衛に、嵐山は縄をかけた。

部屋から切餅を持って飛び出てきたおちかが、その姿を見て立ち尽くしていると、入れ違いに内田が近づいてきた。

「藤兵衛は、あなたの幼馴染みだってね。『尾張屋』の内儀とも」

「……」

「あの藤兵衛は一応、両替商をしてたが、法外な値で貸し付けては、酷いことを繰り返していたらしい……終生遠島だろう」

「え……ええ⁉」

「嵐山の話じゃ、根っから悪い奴ではなさそうだが、どっかで歯車が狂ったのかな」

おちかは何と言っていいか分からなかった。突然の驟雨を浴びたように、身動きできずにじっと佇んでいた。

八

『尾張屋』の店仕舞いの頃、政吉がひとりでぶらぶらと深川から帰ってきた。お絹には止められていたが、どうしても桜の顔を一目見ないと、気持ちが落ち着かなかった。

しんしんと粉雪が降っており、店の表戸は閉まっている。

「まさか、締め出しを食らったわけじゃないよな……」

ぶつくさ言って、裏木戸の方に廻ったところで、薄暗い路地から、ふいに人影が現れた。泰次とその仲間たちだった。

「――なんだ、吃驚した。おまえたちか」

政吉が安堵すると、泰次は以前と違って、偉そうな態度で、

「若旦那。小遣いくれねえかな」

「ええ……」

「あんな小娘に入れあげて、どうしちまったんだい」

「どうって……嫁にしたいと思ってる」

「だからって、俺たちを無下に扱うことないだろ。前みたいに、おもしろおかしく遊ぼうじゃない、なあ」

泰次が肩を組んできたが、政吉は押しやって、

「もう、おまえたちとは付き合わない。どうせ、金目当てだっただけだろ」

「そりゃ、そうだよ。金がなきゃ、おまえみたいな半端モン、誰が相手にするかよ」

「だったら縁を切ればいいじゃないか。失礼するよ」

勝手口の木戸に向かおうとすると、泰次は邪魔をして立って、他の者たちも険悪な顔でズラリと取り囲んだ。

「じゃ、手切れ金てことで、五十両ばかり貰おうか。これまで、おまえの用心棒代わりをしてきたんだ。安いもんだろ」

「いや。もう、そういうのは止めたんだ」

「ふうん。じゃ仕方ねえな……おまえの愛しい桜とやらに、ちょいと稼いで貰おうかな。はは、ありゃ相当な上玉だからよ」

泰次がからかうように言うと、政吉は思わず胸ぐらを摑んで、

「桜に手出ししたら、承知しないぞ」

「どう承知しないんだ」

「てめえ、ふざけやがって。このやろう！」

殴りかかったが、政吉の拳は空を切って、その代わりに泰次の拳骨をもろに顔面に受けた。ガックリと膝を地面に突いたところへ、子分たちが羽交い締めにして、ボコボコと殴る蹴るを続けた。

「いい気になるなよ、おらッ」

そのまま地面に平伏すように倒れた政吉を、頭陀袋のように足蹴にして、手にしていた棒切れなどで叩きのめした。

「おい、こら！　何をしておるのだ！」

駆けつけてきたのは、佐々木だった。泰次たちは「やばい」とばかりに一目散に逃げ出した。路地に死んだように倒れている政吉を、佐々木は抱え上げた。

「おい。しっかりしろ。俺が分かるか、おい。しっかりせい」

虚ろな目で政吉は佐々木を見ようとしていたようだが、すっと意識を失った。

どのくらい経ったか——

気がつくと政吉は、自分の家の奥座敷に寝かされていた。

新右衛門とお絹や番頭、手代らが心配そうに見守っており、枕元には錦がいて、真剣なまなざしで様子を見ていた。奉行所にいたのを、佐々木が連れてきたのだ。

「分かりますか、政吉さん」

声をかけた錦を、政吉はぼんやりと見ていたが、小さく頷いたように見えた。

激しく頭を打っており、人相が変わるくらい顔が腫れ上がっている。目の縁の骨が少し折れたようで、顎や首の辺りの腫れや傷も酷い。鎖骨や肋骨も折れたり、皹が入ったりしており、腰や膝も傷めている。まさに満身創痍である。

「大丈夫です。命に別状はありません。内臓が破裂するような事態は起こってませんから……でも、しばらくは安静にしないとね。骨接ぎも少しずつしていきましょう。顔の腫れも日にちが経てば収まりますし、骨折したところも修復しますから」

容態を伝えたが、政吉はそれどころではなさそうだった。痛み止め薬を頓服させてはいたが、目が覚めた途端、激痛が襲ってきたようだった。だが、体は動けないように固定されているので、思うようにはできなかった。

「政吉……分かるか」

新右衛門が顔を覗き込んで、心配そうに声をかけた。

「済まなかったな……私が仕事にかまけて、あまり相手をしてやらなかったために」

「……」

「大丈夫だぞ。なんだって、おまえの言うとおりにしてやる。桜さんの話も聞いた。しっかり養生して、迎えにいっておやり」

思いやりのある声で、新右衛門が話しかけると、政吉は瞼を動かして返事をした。

「あの泰次という奴らも、摑まったそうだ。佐々木様が報せてくれた。あんな輩と付き合っていたのも、私のせいだ。これからは、きちんと向き合うから、許してくれよ」

その横で、情け深い顔で、お絹もじっと見つめている。言葉こそ出さないが、胸が張り裂けそうなほど案じていることは、傍から見ていてもよく分かった。

「――ご主人、ちょっと……」

錦は新右衛門に声をかけて、別室で話をしたいと言った。廊下を歩いて、店の方に来てから、新右衛門は不安げに訊いた。

「何か……深刻なことでも……」

「まだ、はっきりとは断定できませんが、正直に申し上げます」

「は、はい……」

「手足の骨折は時がくれば元通りになります。顔の歪みも……でも、頭と首の骨……頸椎が激しく打たれていることから、もしかしたら言葉とかが出にくくなるかもしれません」

「えっ……」

「西洋医学にも精通している山本宝真先生にも改めて診て貰いますが、医者として最悪のことを伝えておきます」

「言葉が……」

「もちろん必ずそうなるとは限りません。でも、屋根の上から落ちたくらいの衝撃だったようなのです。冷たい言い方ですが、死ななくて良かったと思います」

「そ、そうですか……では、ふつうに暮らすことは……」

「今のところは楽観できないということです。私も頑張って、しばらく毎日、診に来ます。それこそ町奉行所には、捕り物などの乱闘で大怪我をする者も沢山います。中には生涯、患う人もいます。それほどの大怪我だということを、覚悟しておいてください」

辛そうに錦は言ったが、新右衛門はすぐには受け容れられそうになかった。

すぐ後ろで、シクシクと泣く声が聞こえた。お絹が立ち聞きをしていたのであろう。だが、背中を向けて去ろうとした。そこへ、錦は声をかけた。

「おかみさんもどうか……自分を責めないで下さい。これは、町方の不手際でもありますからね。きちんと処理して貰います」

「えっ……」

「いつぞや、怪我をしてきて金を強請ろうとした人がいましたね。向こうは、政吉さんだと知って、因縁をつけた疑いがあります。でも、それも織り込み済みだった節があるのです」

「どういうことでしょう……」

「万五郎という木挽きと、泰次たちは裏で組んでいたということです。他にも似たようなことを、泰次たちはしてきた疑いが浮かんだそうです。つまり、泰次は政吉さんの用心棒をするふりをして、カモにしていたということです」

「――ということは、私が悪いのですね……ねえ、おまえ様……おまえ様に黙って、裏で取り引きをしたりするから、政吉はこんな目に……ああ、ああ……」

　自分を責めるお絹に、錦は「それは違う」と断言した。

「政吉さんを、こんな目に遭わせたのは、理由はどうであれ、泰次たちです。その人たちに刑罰を受けて貰うのは当たり前です。あなたは何も悪くありません。強いてあげるとしたら……」

「あげるとしたら……」

「政吉さんを可愛がりすぎたことですね」

「……」

「でも、それは政吉さんのためではなく、自分の心の隙間を埋めるためだったのかもしれない……あまりにも世間体を気にし過ぎたのではないでしょうか」

錦が忌憚のない意見を言うと、新右衛門もお絹も何も言わないで頷いた。

「おふたりに比べたら小娘に過ぎないのに、偉そうに言って申し訳ありません。でも、ひとつだけ言えるのは、決して自分を責めないことです……人様に迷惑をかけない心がけは大切だと思います。でも、私たちって、何かあったらなんだかんだと、自分の至らないところを探して、責めたくなります」

「……」

「それだけは、やめて下さいね。そして、政吉さんを、おふたりで守ってあげて下さい。どうぞ、宜しくお願い致します」

まるで自分の弟でも預けるように、錦は言った。新右衛門とお絹は、この危難をなんとか乗り越えようと無言のうちに誓った。

それから、半月も経たぬうちに——

政吉は外を出歩けるようになった。若いから快復が早かったのであろう。

だが、錦が心配したように、少しばかり言葉の出が悪くなった。さほど大きな障害ではなく、時が経てば、平常に戻るであろうというのが、〝がはは先生〟の見立てであった。心配ならば、その筋の名医も紹介するとのことだった。

そんなある日、政吉を連れ立って、お絹は富岡八幡宮裏の、おちかの長屋を訪ねた。

丁度、桜もいて、いつものように、せっせと炊き出し用の米を炊いたり、惣菜を作ったりしているところだった。

おちかとお絹は、顔を合わせた途端、一瞬、時が止まったように、お互いの顔を見つめ合った。すると、おちかの方から近づいて、お絹の手を握りしめた。

「大変だったわね……北町の同心の内田様から、様子を聞いてたわ」

「ごめんね。私、なんと言っていいか……」

「いいのよ。それこそお互い様だわ」

ふたりは多くを語らなかった。ただ、一瞬にして、娘の頃のおちかとお絹に戻ったような気持ちになった。

もう杖もなしで自分で歩いている政吉の姿を見て、桜が駆け寄った。

「もう、大丈夫なんですか。顔色はちょっと元気そうだけど、まだ痛そうね……」

桜は、政吉の目の辺りの膨らんでいるところに、軽く触れた。

「あたた……」

「やはり痛そう……ごめんね、私のために」

「えっ？」

「そんな目に遭った原因も聞いてたの。八丁堀の旦那から。でも、しかるべき時に会いにくるから、それまで店には来ないでって」

「う、うん……今日が、し、しかるべき時なんだ……」

緊張しているから言葉に詰まっただけで、怪我のせいではない。錦が話した最悪の容態は避けられたようだった。

「俺の嫁になってくれ」

「はい――」

待っていたかのように素直に頷く桜を、思わず政吉は抱き寄せた。

そんなふたりの姿を、おちかとお絹は微笑みながら見ていた。

「──桜ちゃんてんだね……あなたの綽名だった。私は、寒椿……」

お絹が言うと、おちかは忘れていたのか、「そうだっけ」と返した。

「そうよ。覚えてないの……でも、当たってた」

「ええ？」

「だってね。雪の中の寒椿……あれって、春先に咲く椿と違って、ポトンと落ちないで、花びらが一枚一枚、剝がれて落ちるのよ」

「そうなの……？」

「うん。私、この二十年、ゆっくり剝がされてきた気がする。着飾っていたものを、少しずつね……なんだか痛かった」

「別にいいじゃない。花なんて、毎年、咲くわ。そうでしょ、あはは」

「相変わらずねえ」

お絹が呆れたように微笑むと、おちかも笑い返して、

「そうだ。今度さ、神田明神に行ってみない。あの階段、一緒に登ろうよ」

「いいわねえ」

「その時に、私たちふたりの孫が、早く生まれるよう祈願しましょ」

「ふたりの孫……？」

「だって、そういうことでしょ。あはは」

桜と政吉が並んでいる後ろ姿を眺めながら、ふたりは「そうだわね、そうだよねえ」となんだか嬉しそうに肩を叩きながら、軽やかな声を上げるのだった。

そんな様子を――

離れた掘割沿いの道から、錦と佐々木が並んで見ていた。

「良かった……不思議な縁てあるのね」

「そうだな。もしかして、俺たちも神様が塩梅してくれた縁なのかもな」

佐々木の手がそっと、錦の手に伸びると、バシッと叩いて、

「妻子持ちでしたわよね、佐々木様は。私はそういうのは駄目ですので」

と去ろうとすると、すぐそこに内田が立っていた。

「びっくりした、もう……いつから、そこにいるんですか」

内田は、ずっとおちかの姿ばかりを眺めている。

「えっ……もしかして、あなたが肩入れしている母ひとり娘ひとりって、おちかさんと桜さんのこと？」

「はい――」

「だったら、自分でもっと一生懸命、頑張るんですね。私、恋の病は治せませんから」

錦が立ち去ろうとすると、佐々木が追いかけてきた。

内田と擦れ違い様、肩を叩いて、

「おまえ。『大黒屋』のこと、終生遠島って、おちかに伝えただろ。終生江戸払いだ。えらい違うぞ。ちゃんと伝えてやれ」

と言ってから、さらに錦を追いかけた。

「錦先生、待ってくれ。俺の恋患いを治せるのは、はちきん先生しかいないんだから」

ようやく追いついて手を握ろうとしたら、手首を押さえられて、ねじ上げられた。

「アタタタ……やめてくれ。商売道具の腕が……う、腕が……」

悲鳴を上げる佐々木をポンと突き放すと、勝手に転がった。

その姿を振り返って見もせず、錦は颯爽と急ぎ足で、うっすらと雪混じりの木枯らしの中を歩いていくのだった。

第三話　消えた罠

一

冬の寒さが厳しい日でも、外役の与力や同心は出歩かなければならない。

世間の者はみな文句も言わず働いている。だが、奉行所内で、ぬくぬく仕事をしている役人は、暑いだの寒いだのと文句ばかり言っている。殊に、年番与力詰所は、年配者が多いから火鉢も沢山あるのに、

「ああ、もう少し温かくならないかねえ」

「出前のかけ蕎麦も冷めちまうじゃないか、なあ」

「奉行所内にも湯舟が欲しいくらいだ」

「隙間風がきついんだよな」

などと不平不満の溜息があちこちで洩れている。

その片隅で、今日も〝堅固帳〟を開いて、寒さのせいで体調を崩した与力や同心を、八田錦は診ていた。大抵は冷えからくるものだから、年番方の愚痴も嘘ではない。定番の葛根湯を飲んでいるだけでも、血の巡りが良くなって体が温もる。

ひとしきり診終えて、錦が帰ろうとしたとき、佐々木康之助がよろよろと入ってきた。外廻りから帰ってきたばかりなのであろう、体中を冷気が包んでいた。

なぜか、頰に手をあてがっており、芝居がかった声で、

「はちきん先生……お願いだ……どうにか、してくれないかな、た、頼む……」

と哀願するように言った。

事情を訊くと、どうやら三日前に、口中医に虫歯になっていた親知らずを抜いて貰ったらしいのだが、頭が変になりそうなほど痛みが続いているというのだ。口中医とは今でいう歯科医のことである。

これでは探索にならないからと、施術をした口中医に頼みに行ったら、

「こっちは悪い所を抜くのが商売だ。痛いのは仕方があるまい。しばらくすれば治る。虫歯が痛いのは永遠に続くが、抜いた後の痛みはすぐ治まる」

と言われたというのだ。しかも、抜いた後には、ろくに止血もせず、綿を嚙まさ

れただけだという。

「痛いんだ……なんとかしてくれ……」

「いつもの佐々木様の威厳が台無しですねえ。どれどれ……」

錦は口の中を覗いてみた。口中医ではないが、診断はできる。たしかに親知らずを抜いた痕が化膿して腫れている。黴菌が入って、今でいう歯肉炎になっている。元々、酒や甘いものを食べるくせに手入れが足りないのか、歯槽膿漏になりかかっているところもある。

「このまま放っておくと、歯を支えている骨が溶けて破壊され、入れ歯になっちゃいますねえ。えらいことだ」

「ちょ、ちょっと他人事みたいに言わないでくれよ」

「他人事ですよ」

「先生……アイタタタ……」

「神経も少し炎症を起こしているので、しばらく痛みは続きますね……でも、歯というのは、体中にあるツボと同じで、前歯とか犬歯とか奥歯、それぞれが内臓と繋がっているから、歯を悪くすると体を傷めます」

「痛いよ……」

「たとえば、前歯なら腎臓とか膀胱、糸切り歯は生殖に関わり、その奥は腸や肺、さらに奥歯は胃や脾臓というようにね……親知らずはすべての臓器に通じると言われてるから、まずいですねえ。しかも、この近くには血脈や神経が通ってるから、やたらいじったりしない方が、私はいいと思いますけどもね」

「り、理屈はいいから、なんとかしろって」

佐々木は子供のようにジタバタしたが、錦は、細い鉗子で色々な歯を叩きながら、

「これねえ……虫歯のまま抜かずにおいたなら、ふつうの口中医がやらない方法で、治療してあげたんですけどねえ……鉄や銅をまぜた飴みたいなものを埋めて被せておくんですよ。そしたら痛みも収まって、一、二年かけて元に戻せるんですがねえ

……抜いちゃったらおしまいかな」

「ど、どうでもいいから……」

「痛み止めを飲んでおくしかないですね。あとは、その周辺を消毒しときます」

口中医というのは元々、公家や武家などの上流階級ばかりを診察、治療していた。そして、今でいう歯科技工士であろう、入れ歯師が、それぞれの人に合う入れ歯を

作っていた。だが、庶民にはあまり口中医や入れ歯師が必要でなかったのは、虫歯になるような食べ物を摂取しなかったからだ。

錦は手際よく、胡椒や明礬、乳香などを混ぜた痛み止めを頓服させてから、

「しばらくしたら収まりますよ。でも、歯茎にも黴菌が沢山ありますから、気をつけて下さいましね。それより、外廻りは寒くて風邪を引いたら、また歯も疼きますから、温かくしておいて下さい。以上」

と説明して立ち上がろうとした。

「せ、先生……」

佐々木はよほど痛いのか、目に涙を浮かべながら言った。

「ついでといっちゃなんだが……訊きたいことがあるんだけど、いいかな」

「なんでしょう」

「――物忘れってのは、治らないものなのかい」

物忘れとは、今でいう〝記憶喪失〟のことを意味する。もちろん、ふつうに使う物忘れもあるが、老人が忘れっぽくなったのとは違い、「自分が誰か、ここが何処か」などもすっかり忘却してしまう病のことである。

「治らないかもしれないし、ひょんなことで元に戻るかもしれないし……」

「じゃあ、本当に物忘れになったかどうか、ってのは、医者が診れば分かるものなのかい。それとも……」

「分かりますよ。病ですから」

「じゃ、診て貰いたい奴がいるのだが、ご足労願っていいかな」

佐々木は、まだ痛そうに頰を押さえながら訊いた。錦が了承すると、

「じゃ、早速……事情は道々、話さあ」

「——もしかして、出鱈目を言って、私を誘い出そうって魂胆ならお断りですよ」

「違うよ……歯が痛いんだから、そんな余裕ないぜ」

顰め面をしているのは、いつもの癖なのか、親知らずを抜いた痕が痛いのかが、錦にして分からなかった。

佐々木の説明によると、その事件は一月程前に遡る。まだ初秋と言ってもよい、夏の名残りがあった。

蔵前の札差『豊後屋』を、佐々木は岡っ引の嵐山や捕方数人を連れて、張り込んでいた。米切手の不正の売買を繰り返しており、それに纏わる殺しにも関わってい

る疑いがあったからである。

主人の雁右衛門という五十絡みの男は、元々は口入れ屋で、普請場などの人足集めが仕事だった。もっとも〝正業〟とは言い難い。借金まみれの者に働かせて、上前をはねたり、牢送り寸前の輩を普請場に送り込んで、駄賃をせしめたりしていた。阿漕というより、裏があるということだ。

だが、町方で雁右衛門の素性を調べても、何も出てこなかった。江戸で裏渡世と繋がりがある者なら、佐々木は把握していたし、関八州から流れてくる無宿者の類も概ね、承知していた。しかし、雁右衛門の正体はサッパリ分からなかった。

ところが、札差の株を買って、『豊後屋』の看板を背負った三年ほど前から、俄に頭角を現し、蔵前ではそれなりの顔になった。

札差とは、旗本や御家人の給料である米切手を扱っているのだが、それを担保に主に武家を相手に金貸しもしていた。支給米を預かって金に換えて手数料を貰うだけよりも、蓄財できるからだ。札差なら、誰でもやっていることだ。

雁右衛門が少し違ったのは、米切手を藩札のように、特定の商人たちだけで通用する仕組みに利用したことだ。

「どうして、そんなことができるのです？」

　錦が訊くと、佐々木は簡単に答えた。

「米切手というのは、借金の担保にできる。これは、ご公儀も認めたことだ。でないと旗本や御家人は現金が入りにくくなり、暮らしが立ちゆかなくなるからな」

「まあ、そうですね……」

「だが、米切手ってのは、誰それあてに、どれだけの石高や俵数を渡すと書かれているだけだから、そのまま使うわけにはいかない。そこで、雁右衛門は、〝米札〟というのを作って、十石、五石、一石、十俵、五俵、一俵……というふうに〝石高・俵数〟だけを書いた札を出して、取引相手に渡すことにした」

「それで、儲かるんですか。どのみち、預かり証に過ぎないのでは」

「そうだよ。表向きは、預かり証だ。その預かり証を金の代わりに交換するのは、江戸と上方の金銀交換のための為替と同じだ」

　佐々木は、その〝米札〟の利点を話した。

「まずは現金を使わなくていいので、両替商などから借金をせずに済むということ。元は米切手で、それを分散したようなものだから、信用があるということ。そして、これが肝心なのだが……」

「なるほど、そういうことですか」

　錦が手を叩いて頷くと、佐々木は振り向いて、

「まだ何も言ってないぞ」

「米相場に応じて、〝米札〟の値打ちが変わるということですね。同じ一石でも、一両のときもあれば、一両二分のときも、逆に三分二朱のときもあるように」

「よく分かってるじゃないか」

「さっき、藩札みたいにと言ったからピンときたんです。でも、米切手という公儀の後ろ盾があるから、藩札のように紙切れになってしまうことはない。決済の時の米相場によって、損得が変わる……ってことですよね」

「さすが、はちきん先生。医者より、商人に鞍替えした方が儲かるんじゃないか」

　からかうように佐々木が言うと、錦が訊き返した。

「で……その雁右衛門さんが何をしたっていうのです。よくある米相場を操って、自分の利鞘を増やそうとか？」

「当たらずとも遠からず……ひとりの札差が米相場をどうこうできるわけがない。

奴はその一枚、上をいってんだよ」
「それは、どういう……」
「ま、その話は後にしてだ……雁右衛門は阿漕な金儲けをしていたが、それが公になりそうになった。そこで、北町奉行所・諸問屋組合掛り同心の川端伝兵衛（かわばたでんべえ）が密かに探索をしていたのだが、土左衛門で上がったのだ。殺された節もある」

諸問屋組合掛りとは、十組問屋以来の問屋仲間や株仲間による物価調整を見張るため、市中取締諸色調掛りと密に連絡を取り合って、不正を暴く役目である。

かつて、徳川吉宗（よしむね）による〝享保の改革〟においては、冥加金を納めるのを条件に、いわば独占的な販売権などを認めた。

だが、そのことで、物価の高騰する事態になったため、水野忠邦による〝天保の改革〟では、株仲間を解散せよとの命令がなされる。それは、少し時代を下るが、その予兆は今もある。

それはともかく。株仲間という仲間内で、〝米札〟を使えるようにし、さらに別の問屋組合との間でも決済などに利用するようにしていたのである。

ちなみに、北町奉行の遠山左衛門尉は、株仲間の必要性を説いており、水野忠邦が解散令を出したときには反対し、後年、冥加金不要の問屋仲間として再興する。それが経済活性化の一翼を担うからである。

しかし不正の温床にはなりやすい。そこで、遠山は公平性を保つために、諸問屋組合掛りに見張らせていたのであった。

「川端さんは、『豊後屋』の手によって殺されたのですか」

錦の問いかけに、その疑いがあるから、佐々木は捕らえて調べようとしたという。

「ところが……俺たちが店に押しかけた途端、雁右衛門はいきなり逃げ出したのだ」

「逃げた……」

「ああ。やはり疚しいことがあるからであろう。張り込ませていた捕方たちが追いかけて、捕らえようとした。すると……奴は隅田川土手の船着場の階段から転げ落ち、したたか頭を打ったのだ」

「頭を打った……」

「見た目は大した怪我ではないのだが、奴は……自分が誰だか忘れてしまったのだ」

「ええッ……」

「だから、吟味方与力の調べにも、知らぬ存ぜぬ。初めは、そうやって惚けているのだろうと踏んでいたが、どうやら本当にスッカラカンと忘れていて、しかも……」

「しかも……？」

「それまで、いつも煮えたぎっていた目つきの雁右衛門は、全く別人のように、温厚で親切な商人に変わってしまったのだ」

「……」

「だから、はちきん先生に判断して貰いたいんだ……本当に物忘れに陥ったのか、端からすっ惚けているのか、途中で思い出したが、それでも捕縛されたくなくて、芝居を続けているのか……」

そこまで佐々木が話したとき、札差『豊後屋』の看板が行く手に見えた。

店構えはそこそこだが、もう日が暮れているというのに、煌々と明かりがついていて、客足が途絶えることもなかった。

「——物忘れ、ねえ……」

錦は釈然としない顔で、繁盛している店の様子を眺めていた。

二

佐々木が暖簾を割って店に入ると、帳場のところで客と話し込んでいた主人の雁右衛門が、「おや」と目を輝かせて、

「これは佐々木様。お勤め、ご苦労様です」

と近づいてきて両手をついた。

ふくよかな顔だちで、五十歳くらいにしては肌艶も良く、若々しく見えた。商人独特の作り笑いではなく、人柄からしぜんに滲みでているような温もりがあった。

初対面の錦は、そう感じた。

「これはまた、お綺麗なお人をお連れして、佐々木様も隅に置けませんね」

長年の付き合いの知り合いに、話しかけている雰囲気だった。

「実はな、雁右衛門……この麗しき人は、聞いて驚くな。我が北町奉行所の番所医だ。とても、そうは見えぬであろう」

「本当ですか。だったら、お役人様たちも、みんなめろめろでしょうねえ」

錦は愛想笑いもせずに立っているので、それを察してか、

「これは初対面なのに相済みません。私、ここ札差『豊後屋』主人・雁右衛門……だと思います……というのは、おそらく佐々木様からお聞きかと存じますが、以後、お見知りおきのほど、宜しくお願い致します」

と丁寧に挨拶をしてから、奥の座敷へ来て下さいと言った。予め、佐々木は、錦を連れてくるというのを話していた様子である。

気さくそうな態度と、商人としての礼儀を兼ね備えた良識人であることは、第一印象のとおりのようだ。今のところ、芝居がかったところはないと錦は感じていた。予断を避けるため、佐々木の話は一旦、横に置いて接しようと、錦は心に決めた。

茶を出された佐々木と錦が一服する間、雁右衛門はふたりの顔を穏やかなまなざしで見ていた。錦はその視線の揺らぎを、観察するように凝視していた。

「八田錦先生……その目、怖いです」

先制するように雁右衛門が言うと、錦は透かさず返した。

「ご主人は、私がここに来た理由を、佐々木様からはどう聞かされていたのですか」

「はい。ご承知かとは存じますが、私は物忘れに陥っているのです。自分が誰かも、本当に、この『豊後屋』の主人かということも、これまで、何処でどういう暮らしをしてきたかということも、すべて忘れているのです」

「旦那様は、自分が誰か、どういう人生を送ってきたか、知りたいですか」

「もちろんです。不安で怖いです」

「ですが、あなたはこの一月、当たり前のように商売はしてきたのですよね」

「そのとおりです。自分ではよく分かりませんが、算盤の置き方とか帳簿の付け方、言葉遣いも態度も身についていたのか、何のためらいもなく、できてしまうのです」

〝記憶喪失〟になった職人でも、長年培ってきた匠の技は当然のようにできる。体に叩き込まれているからである。武道や茶道、礼儀作法など繰り返し体に叩き込まれたものも同様であろう。しかし、商いは対人関係によって成り立っている。算盤や帳簿が扱えるからといって、できるものではあるまい。

錦は率直にそのことを伝えると、

「おっしゃるとおりです。番頭や手代たちが、あれこれと教えてくれなければ、私は何もできません。ですが、不思議なことに、物事を冷静に見たり、その状況を分析したり、どのように対処したらよいか考えたり、如何に実践すればよいのか……ということが、頭に湧いてくるのです」

「なるほど。それは大いにありえますね」

錦は納得したように頷いた。

「私も長崎に遊学に赴いていたとき、雁右衛門さんのような症状の方に会ったことがあります。教えを請うていた先生の側で見ていましたが、丁度、そちらさんと同じことを言っておりました」

「そうですか。それで……」

興味深そうに、雁右衛門は耳を傾けた。

「はい。その方は、長崎で儒学を教えていた学者でした。四書五経については当然、詳しく、すらすらと文言が出てくるのですが、ふだんの言葉……たとえば、箸とか茶碗、手足とか目鼻のこと、障子や畳など身の周りのことを忘れているのです」

「ええ……」

「ですから、箸の持ち方も忘れているような特別な方でした」

「で、どうなったのでしょう」

「思い出したキッカケは、やはり得意とする学問からです。周りの方たちは、著名な学者であることを知っています。ですから、初心に返って学んだことの初めから、順番に学び直すことで、ある時、ハッと物忘れから解き放たれたんです」

「そうなのですね。ということは、私も算盤とか帳簿とかのイロハから学べば、自分のことを思い出すのでしょうか」

目を輝かせて訊く雁右衛門に、錦は初めて笑顔を見せて頷いた。

「はい。しかも、おまえ様の方が随分とマシですよ。茶碗は持てるし箸も使えるのですから。後は、古い知り合いとかが出てくれれば、随分と、あんたの役に立つと思いますよ」

「古い知り合い……」

雁右衛門は首を傾げて、不安げな顔になり、

「そこが分からないのです。番頭の総兵衛(そうべえ)や手代らに訊いても、前は、京橋で口入れ屋をしていたらしく、この店の先代、喜左衛門(きざえもん)さんが亡くなって札差の株が浮いたので、私が店ごと買って継いだ……と話を聞きました」

「それは事実らしいですよ」

「はい……近所の札差仲間からは、三年程前だと教えられました」

「〝米札〟の取引先の方々は？」

いきなり〝米札〟という言葉を提示したが、雁右衛門は特に気にすることもなく、当然のように頷いて、

「その仕組みも私が考えたそうですね。現金代わりに使うとは、なかなか妙案だと思います。それで、色んな問屋仲間の間で利用されております。でも、まだ三年程の付き合いらしいので、私にはなんとも……」

頭の中に暗雲でも垂れ込めたように、雁右衛門は初めて苦しそうな表情になって、首を左右に振った。すぐに錦は、

「ごめんなさい。いっぺんに多くのことを聞き過ぎましたね。今日はこのくらいにしておきましょうね。今度は、おまえの都合でいいから、宜しくお願いします」

と微笑みながら言ったが、雁右衛門は喉に何かが痞えたような顔のままだった。そして立ち上がると、縁側の方に行き、何度も大きく息を吸うのだった。

その隙に、佐々木が小声で訊いた。

「――雁右衛門のことを、ご主人とか、旦那様とか、そちらさんとか、あんたとか……仕舞には、おまえって……わざと呼び方を変えてただろ。どうしてだ」

「それでも、何も反応が変わりませんでした。本当に物忘れになっている証です。自意識があるときには、呼び方の違いに敏感になるものですからね」

「へえ、そうかい……」

納得したように佐々木が頷いたとき、店の方から番頭の総兵衛が転がるように駆けつけてきた。小柄だが小肥りの真面目そうな風貌で、少し気弱そうだった。

「――どうしました、番頭さん」

「こ、こんなものが……今し方、投げ込まれました」

投げ文があったらしい。

「すぐに私は、外に出てみましたが、分かりませんでした。お客様たちも、気づかなかったそうです」

番頭から投げ文を受け取った雁右衛門の顔から、血の気が引いた。

それには――

『さなえは預かった。三千両出せ』

とだけ書かれていた。

金釘流の文字だが、わざと筆跡を消しているようにも見える。横合いから見た佐々木は目を凝らして呟いた。

「これは、脅し文だな……さなえってのは誰だい」

「先代の娘です……でも、もちろん覚えていませんが、番頭さんたちの話では、私の子として育てていて、まだ十歳の子供です」

「十歳の……」

「ええ。ですので、女の奉公人を雇って、面倒を見て貰っていたのですが、なぜ、こんなことが……」

雁右衛門が愕然となって震えるのへ、佐々木は冷徹に言った。

「おまえへの恨みかもしれないな」

「えっ……」

「散々、阿漕なことをやらかしてたんだから、意趣返しをしたい奴もいるだろうよ」

「そ、そんな……」

座り込んで、脅し文を見ている雁右衛門の表情がさらに悲痛に歪んで、

「さなえは……私はよく覚えていないが……お父っつぁん代わりだと言って、よく懐いてくれていた……なんで、こんな目に……」

「何か思い出さないか。この一月の間のことでも構わない」

佐々木は責め立てるように訊いたが、雁右衛門は首を振りながら、

「まったく……何とかしてやりたい……でも、いきなり三千両なんて、いくら私でも無理な話……けれど、なんとかしなければ。ねえ、番頭さんや、なんとしてでも金を集めておくれ……貸し付けた金も相当あるはずだ。みんなに頼めば、何とかなるはずです。ねえ、そうしておくれ……」

と哀願すると、総兵衛も大きく頷いて、

「はい。そうします。さなえちゃんは、先代の大事な大事な一粒種ですから」

すぐさま対応するべく、また転がるように立ち去った。

その投げられた脅し文を、佐々木は受け取って、じっと見た。紙質はどこにでもあるもので、よく文に使うものだ。小石に包んで投げ込まれたから、皺になっているが、それで脅し主を割り出すことは難しい。

錦もその様子を窺っていたが、突然の出来事に驚くというよりも、心では割り切れない違和感を抱いていた。

雁右衛門は落ち着きなく、そわそわと廊下や部屋を行ったり来たりしていたが、娘同然のさなえが拐かされたという事実に動揺している姿に、嘘は感じられなかった。

三

事態は急に進んだ。さらに脅し文が投げ込まれ、身代金の受け渡しの場所と刻限を示してきたのだ。

『永代橋の上に、今宵、九つ』

日にちや時を置かないで、迅速にやる手筈は、足取りを探索されにくくするためのものであろう。用意周到な輩に違いないと佐々木は踏んで、永代橋周辺、川辺に手の者を潜ませ、川船も何艘か待機させていた。

真夜中には、橋番小屋にある扉も閉まっているから、ここを取り引き場所とするとは考えられない。とはいえ、十間もの高さがあるから、この場所から千両箱を落とすことも考えられない。

脅迫者の指定通り三千両を乗せた町駕籠を用立てて、橋の真ん中辺りまで来た。駕籠舁きは岡っ引が扮している。

辺りは真っ暗だが、川面や江戸湾には、白魚や烏賊など夜釣りの漁船が松明を掲げて、無数に広がっていた。

駕籠舁きに扮している岡っ引が、指定された所まで来ると、足下に石で押さえられている紙が、川風になびいているのに気づいた。それを手に取ってみると、その下には網とそれを繋いだ綱がある。

『すみやかに網に千両箱を入れて、欄干から下ろせ』

と記されている。

千両箱はひとつ、小さな子供ひとりぶんくらいの重さがある。それを、岡っ引たちは網に包み込むように入れて、慎重に欄干から下に垂らし始めた。

橋の袂から見ていた佐々木は、川辺に待機している捕方たちに合図を送った。橋の下に近づく怪しい船を拿捕するよう、予め取り決めていたのだ。が、人質のさなえの身柄を確保することができないうちは、敵に仕掛けないように命じてある。

岡っ引がゆっくりと網に包まれた千両箱を、水面に下ろしていくと、その真下に猪牙船のような艪のついた船が現れた。

船上には、人影がひとつだけ見える。頰被りをしていて、顔はまったく見えない。男か女かも分からないが、背が高そうだから、男であろう。そいつが脅し文を送りつけた者か、仲間であることは間違いない。

川船で控えている捕方たちは、離れた岸辺から様子を見ており、こっそりと尾行することになっている。

猪牙船の頰被りをした者は、船上に千両箱が下ろされると、自分で匕首か何かで綱を切り、そのまま艪を漕いで、大川の河口から江戸湾の方へ向かった。

それを追って、川岸から捕方たちの船が進み始めた。すると、まるで気づいていたかのように、猪牙船は沖に向かって猛然と艪を激しく動かし始めた。川船の数倍の速さがあると言われる猪牙船は勢いを増していく。

それでも捕方の川船も数艘が一斉に追いかけ始めたときである。いずれの船も櫂が何かに絡まって、俄に停止した。傾いたため、川に落ちた捕方もいる。

川船には網が絡まっていたのだ。先程、千両箱を包んで下ろした網が、川面に広がっていたのである。

「!?――やられた。これも罠のひとつだったのか！」

捕方のひとりが声を上げたが、川船が網に絡んでいるうちに、猪牙船はどんどん遠ざかり、漁り火の群れの中に消えてしまった。

翌朝――雁右衛門は憔悴しきっていた。

一睡もできなかった様子である。さなえの身がどうなったのか心配だったのだ。自分の子ではないし、記憶がないから、深い同情はないかもしれない。が、雁右衛門は自責の念に駆られて、事後報告のために店に来ていた佐々木に、

「どうか無事でいて欲しい……まさか何かあったなんてことはないでしょうね」

と不安げに言った。

「申し訳ない。万全を尽くしたが、金はまんまと盗まれてしまった」

「お金はまた作れますし、どうにでもなると思います。ですが、さなえに万が一のことがあれば、先代にどう謝ればいいのでしょう……これも私のせいなのですね」

雁右衛門は両肩を落として嘆くように、

「私はよほど因果なことをしていたのでしょうね……ふつうの商人ではなかったのでしょうね……なんということだッ」

と頭を抱えて塞ぎ込んだ。

「もしかして、何かの手違いで、さなえは殺されたりしていないでしょうね」

絶望したような声を、雁右衛門は洩らしていたが、しきりに顎の辺りに手を当てて、眉間に皺を寄せている。

そんな様子を、再び訪ねてきていた錦も、別室から見ており、

「口の中が痛いのですか？　ちょっと見せて下さい」

と言った。

「えっ……いや、これは虫歯をほったらかしにしてたので……」

「とにかく、見せて下さい」

言われたとおりに雁右衛門が口を開け、錦が佐々木にしたのと同様に診察をすると、虫歯ではなく、抜歯した後に化膿しているものだと分かった。

それと奥歯がかなり磨り減っているのは、歯ぎしりが強いからであろう。単なる

癖であることが多いが、勝ち気な性分や苛々が募ることが原因となる場合もある。

「――ひとつ、入れ歯がありますね」

「あ、はい……」

「何処の入れ歯師に頼みましたか」

入れ歯師は、香具師として店を構える者もいたが、中には仏師が抗菌作用の多い柘植などで作ることもあった。しかし、それは身分の高い者へであり、雁右衛門のは奥歯だけで、小さな柘植台に絹糸で縫いつけたものだった。かなり精巧にできている。

「でも、その下が炎症をおこしているので、すぐに処置しておきましょうね」

錦は別室に連れていき、消毒などを施してから応急の手当てをした。

その後、佐々木の側に戻ってきて、

「――何をしたかは知りませんが、本当は善根のある人なのでしょうね……物忘れになったことで、本当の人柄が露わになったのでしょう」

と錦は見解を述べた。

「見てるだけで、俺もまた痛くなった気がするよ」

「気持ちとも繋がってますからね。これが何処で作られたか、誰かに調べさせてみてくれませんか」

小さな入れ歯を差し出した。

「うわっ……」

「綺麗に洗ってます。これで、あの方が本当は誰かが分かるかもしれません」

佐々木は渋々、受け取って、

「ああ、そうするよ……ついでに訊きたいがな、はちきん先生」

「ですから、その……」

「分かったよ。錦先生……この拐かしをやった奴は、どんなやろうだと思う。雁右衛門の境遇を知ってるのか、知らないのか。あるいは、たまさか『豊後屋』だったのか、内輪の事情を承知の奴か……」

「たしかに、おかしい気もしますね」

「おかしいってのは……」

「あまり用意周到でもないのではないか、という感じもします」

錦が述べると、佐々木は首を傾げて、

「しかし、金の受け取りは、してやられた。単純かもしれないが、なかなか素人ではできるとは思えねえがな」

「でもね、投げ文は佐々木さんが来ているときに起こった」

「ああ、それが……？」

「この店の様子を窺っていた奴らなら、わざわざそんなことしますかね。つまり、お上に知られて、さっさと身代金を出すだろうと踏んでいた輩の仕業かもしれません」

「なるほど。てことは……」

佐々木は声を顰めて、

「店の事情に詳しい者が噛んでるということか……たしかに身代金の額も、実際に出せる程度のものだと承知していた節がある……とにかく、猪牙船の行方も含めて、探索を練り直さなきゃならないな」

と言ったとき、中庭に、ひょっこりとさなえが帰ってきた。まだあどけなさの残る女の子で、大きな花柄の着物姿が似合い、結った髪には銀簪（ぎんかん）が揺れている。

その姿に気づいた雁右衛門は、アッと声を上げながら、すぐに庭に降りて、さなえを強く抱きしめた。

「さ、さなえ……無事だったか……ああ、よかった……よかった……！」

「――お、お父っつぁん……痛いよ……」

さなえは遠慮がちに「お父っつぁん」とは言ったものの、雁右衛門は実の父親でないせいか、気を使っているような様子だった。

さなえは少し離れると、子供らしい顔になって申し訳なさそうに、

「ごめんなさい……勝手に出歩いて帰って来なくて……二度としませんから」

と小さな声で言った。

雁右衛門はもとより、錦も佐々木も「エッ」と見やった。すぐに錦が近づいて、さなえと同じくらいの目の高さに腰を屈めて、

「どういうことなの。さなえちゃんは、誰かに連れていかれたのではないの？」

と訊いた。

さなえは怪訝そうに錦を見ている。

「私は、お奉行所に勤めている女医者なの。あなたが拐かされたから、雁右衛門さんをはじめ、みんな心配してたのよ」

「拐かし……」

「何処にいたか、教えてくれる？」

「私は……千太さんのおうちにいました」

「千太さんていうのは誰……」

「……」

「言ったら、まずい人なのかしら？」

錦が問いかけると、傍らで見ていた総兵衛が声をかけた。

「うちの取引先で、神田佐久間町にある油問屋『平野屋』の息子さんです。そうだよね、さなえちゃん」

「――はい……」

素直にさなえは返事をしたが、バツが悪そうに俯いた。先代から仕えている総兵衛は、多少の事情を知っているのか、自分が知っている範囲ということで、佐々木に説明した。

「さなえちゃんと千太坊は、幼馴染みでしてね、向こうはひとつ年上ですが、兄妹みたいに仲良くしてました」

「兄妹みたいに、な……」

「はい。お互い一人っ子でしてね。『平野屋』さんとうちの先代も、気心が知れていて、親戚付き合い同然でしたので、まあ、よく泊まりに行ったり来たりはしてました」

「なるほどな……では、さなえちゃん。どうして、誰にも黙って行ったんだい？」

佐々木が訊くと、さなえは「ごめんなさい」とまた謝ってから、

「私……新しいお父っつぁんが嫌で……ごめんなさい……できれば、千太さんのおうちに貰われたいと思ってます」

と言うと、雁右衛門は衝撃を受けたように、がっくりと肩を落とした。

「——私のことが……物忘れをする前の私は、そんなに嫌だったのかね……」

この際と思ったのか、何人も大人がいる前で、さなえはここぞとばかりに告白した。

「怖かったです……本当のお父っつぁんはとても優しかった。でも……」

雁右衛門は申し訳なさそうに、「ごめんな」と言って、さなえに触れようとしたが、ビクッとなって避けられた。よほど嫌なことをしたり言ったりしていたのかも

しれない。

「私は……こんな可愛い子にも嫌われるような人間だったんですね……」

愕然となる雁右衛門を、総兵衛はじっと見ていたが、

「たしかに、先代とは違って、商売には厳しく、奉公人にも当たり散らすことが多かったので、そんな姿を見て、さなえちゃんは怖かったのでしょう」

「すまないねえ……」

「いいえ。もっとも商人としては、失敗してはいけないので、手代に叱責するのは当たり前のことです。決して、さなえちゃんに手を上げたり、怖がらせたりはしたことがありません。だよね、さなえちゃん」

総兵衛が優しい声をかけると、さなえは「うん」と頷いた。

すると、佐々木は十手で自分の掌を叩きながら、

「なるほど……ということは、さなえが留守だと知っている奴が、その間にやらかしたってことだ。怪しいのは……」

と言って、何か閃いたのか、早足で立ち去るのだった。

――妙な風向きになったな……。

錦もそう感じたが、暗い顔のさなえに、もう一度、尋ねた。

「千太さんのおうちには、ひとりで行ったのかしら」

「はい……」

「でも、年端もいかない子だから、訪ねて来られた『平野屋』さんの方も、うちにいると手代か誰かに報せに来させますよね、ふつう……そうは思いませんか」

錦が誰にともなく尋ねると、総兵衛が「そうですね。私も迂闊でした」と頭を下げた。雁右衛門は心ここにあらずだったが、

「でも……よかった。まずは、さなえが無事だったのだから、ああ、よかった……」

と安堵したように溜息をついた。

それでも雁右衛門の顔色を窺うように、さなえはじっと見ている。その目つきは、怯えているようだと、錦は感じていた。

四

油問屋『平野屋』の暖簾を潜った佐々木は、いきなり、「主人を出せ」と乱暴な態度と口調で言った。

後ろからは、巨漢の嵐山がついてきている。

客はまばらだったが、佐々木が定町廻り同心であることは、この界隈の者なら誰でも知っている。帳場にいた番頭は跳ね上がるように、奥へ向かった。

すぐに、主人の唐兵衛（とうべえ）がいそいそと出てきた。商人らしからぬ立派な体軀で、顔つきも武芸者のようだった。

「これは、佐々木様……何事でございましょうか」

「邪魔するぜ」

十手を突きつけて、問答無用とばかりに上がり込んだ。

「一体、どうしたのでございますか」

唐兵衛は慌てて追いかけたが、佐々木は構わず部屋という部屋に押し入って見て廻った。奥には内儀や女中などもいて、佐々木の物騒な雰囲気に驚いていたが、まるでガサ入れのように歩き廻った。嵐山も裏庭から、蔵に至るまで隈無く調べた。

すると、離れで、十一、二歳の子供が、ひとりでカルタ遊びをしていた。

「千太かい」

吃驚した男の子は、すぐに立ち上がったが、

「怖がることはない。ちょいと話を聞かせてくれないかな。ゆうべ、『豊後屋』のさなえって娘は、ここに来てたのかい」

「さなちゃん、ですか……」

「ああ。さなちゃんて呼んでるのかい」

「はい……一緒にいました。ここで、カルタなんかして遊んでました」

「そうかい……ありがとよ」

佐々木がそう言って振り返ると、廊下には唐兵衛が不愉快極まりない顔で立っていた。だが、その感情は抑えて、

「何なんですか、旦那……ちゃんと話してくれませんかねえ」

「言われなくたって、じっくりと訊くよ」

十手を唐兵衛の鼻先に向けて、

「正直に言いな。三千両は、何処に運んだんだ」

「え……？」

「惚けても無駄だ。さなえは、ここにいた。おまえの倅がちゃんと証言した」

「一体、何の話なんですか……」

不安な目を向ける唐兵衛に、佐々木は嫌味たらしい顔を近づけ、

「おまえは昨夜、何処にいた」

「何処にって……うちにいましたが……」

「それを証してくれる者はいるか」

「女房も番頭らも知っていますよ。遅くまで帳簿の整理などをしてましたからね」

「内輪の人間じゃ話にならないんだ」

「そんなことを言われても……」

困惑する唐兵衛に、さらに佐々木は追及した。

「どうして、昨日、さなえを連れて来たのだ。『豊後屋』に帰さなかったのは何故だい。理由を聞かせて貰おうか」

「理由……昨日、昼頃、遊びに来ていて、千太が今日は一緒にご飯を食べようとか、遊ぼうってことになって……まだまだ子供ですからね、ふたりして疲れて寝てしまったので、そのまま……」

「ならば、泊まると一言でも『豊後屋』に報せに行くのが筋じゃないのかい。まだまだ子供なんだろう？」

「それはそうですが……」

唐兵衛は曖昧だが、仕方なさそうに答えた。

「時々、さなちゃんは遊びに来ていたのですが、そのまま泊まることの方が多かったので、特に報せることは……」

「雁右衛門も番頭も、ここに来ていることを知らなかったぞ」

「そんなはずは、ありません……だって、連れてきたのは、さなちゃんの世話をしている『豊後屋』さんの女中ですよ」

「女中……たしかに女の奉公人が母親代わりみたいにしているとは聞いたが」

「ええ、たしか、かず……という人です。夕方に一度、迎えに来ましたが、その時は、もう泊まると、さなちゃんは決めてたので、その女中にそう伝えました」

佐々木は「妙だな」と思ったが、唐兵衛が嘘をついているかもしれない。慎重に、その時の状況を続けて訊いてから、

「おまえさんと『豊後屋』の先代主人・喜左衛門とは随分と気が合って、親戚みた

いな付き合いだったそうだな」

「ええ。子供も同じ年頃ですしね。長い付き合いでした。人柄もよくってね、とにかく、札差というのは、商いではない、ってよく話してましたよ」

「商いではない……」

「私たちは油を売って儲けるでしょ。札差は米を売るわけではない。お武家の俸禄米や米切手を預かり、それをお金に換えることで手間賃を頂く……なのに近頃は、金貸しの真似事をしているから、よくないって」

「ほう、大した心がけだな。俺も札差には世話になってる」

三十俵二人扶持という最低の俸禄で、危ない仕事をしているのだと、佐々木はわざわざ言ってから、〝米札〟の話を持ち出した。

「それで、随分と儲けてるそうじゃないか」

「私は関わっておりません。そもそも、〝米札〟は雁右衛門さんが『豊後屋』の主人に収まってから、やり始めたもので、先代とは何の関わりもないことです」

「その話は番頭からも聞いたよ」

「総兵衛さんだって同じですよ。雁右衛門さんが来た途端、掌を返したように、

〝米札〟で儲けることばかり考えて……」

「だが、おまえたち問屋仲間だけで通じる金として使ってるだけだろう。なぜ『豊後屋』が儲かるんだ」

「雁右衛門さんは、肝心の米手形を担保にして、法外な金を両替商から借りてますよ。でも、それは一切、返していない。米手形は所詮は人の物だから、困るのは米手形を預けているお武家様たちだけです」

「……」

「いわば、人の株を担保に借金しながら、返済はしないという、あくどい両替商の遣り口そのままです。ですから、私は断固、反対してました。うちでは〝米札〟での取り引きは、御免願ってます」

「そうなのか？」

「はい。下手をすれば、〝米札〟だけが手元に残り、肝心の換金が出来なくなるかもしれない……〝信用貨幣〟と言われれば、それまでですが、米相場で損することも多いしね……いずれ取り付け騒ぎが起こると思いますよ」

唐兵衛が言うことは、まっとうであると佐々木は感じていた。だからこそ、雁右衛門とは距離を置いていたのであろう。

「それで、『豊後屋』をギャフンと言わそうと思ったのか」

「ええ……？」

「さなえを預かっている間に、拐かし事件を起こして、不当に儲けた三千両をせしめてやろうという魂胆で……」

「さっきから、何の話ですか。三千両だの拐かしだの」

「——本当に知らないのかい」

佐々木が顰め面になったので、唐兵衛は少し怯んだ。

「この面は歯が痛いからだ……おまえが、やったんじゃないのだな」

「ですから、何のことでしょう」

呆れて訊き返す唐兵衛に、佐々木は『豊後屋』が巻き込まれた〝身代金目的の人質事件〟について話した。驚きを隠しきれない唐兵衛は同情しながらも、

「私が疑われているのですか」

と怒りに満ちた表情に変わった。だが、すぐに冷静さを取り戻すと、

「どうも、おかしいと思ったんだ……」

「何がだい」

「さなちゃんを連れてきた、かずって女中ですよ……雁右衛門さんが主人になった後に、さなちゃんの世話役として、番頭さんが雇ったらしいんだけれど、なんだかねえ……」

曰くありげな目になる唐兵衛は、非難する口調になって、

「さなちゃんから聞いた話では、裏表があるらしくてね。主人や番頭の前では、大人しくて真面目そうだけれど、ひとりだけになると、急に蓮っ葉な感じになるらしい。誰かは知らないけれど、タチの悪そうな男とも付き合ってるようですよ」

「タチの悪そうな男……誰だい、それは」

「知りません。さなちゃんも一度、見かけただけらしいけれど、背が高くて、ちょっといい男らしいですよ」

「背が高い……」

佐々木は、猪牙船の艪を漕いでいた頬被りの姿を思い出した。まんまと金を奪われて逃げられたことに、改めて腹が立った。

「もしかして、あの男と、かずって女中が仕組んで……物忘れになった相手に、酷

いことをしやがるな」

独り言のように佐々木は言ったが、すぐに唐兵衛は言い返した。

「本当に物忘れですかねえ……」

「うちの番所医が確かだって言うんだから、間違いないだろう」

「ですが、口入れ屋をしていた頃のことを考えても……俄には信じられませんねえ」

「そんなに酷い奴だったのかい」

「金のためなら、手段を選ばない人という噂でしたからねえ……でも、これで私も心を決めました」

「え……？」

「やはり、さなちゃんは、うちの子として育てます。本人もそう望んでいるしね。ゆくゆくは、さなちゃんに婿を貰って、『豊後屋』を継がせるなんて話を、雁右衛門さんから聞いてましたから、ためらってましたが……ええ、そうします。佐々木の旦那。その時は、後見を宜しくお願い致します」

と唐兵衛に相談された。

佐々木は『平野屋』が怪しい、拐かしを暴こうと思って乗り込んできたのに、思わぬ方に事が進んだ。

五

拐かしの一件があってから、『豊後屋』は店を閉じたままだった。札差なのに、現金が手元になければ商売にならないし、また何か異変が起きることも懸念してのことだ。

佐々木や嵐山たちは、三千両の行方も含めて、事件探索を続けていたが、錦は今日も、雁右衛門の様子を窺っていた。

「町方の調べで、あなたが使っていた奥の入れ歯は、前に京橋で口入れ屋をしていた頃、その近くの岩松（いわまつ）さんという入れ歯師にこさえて貰ったものだそうです」

「そうなのですか……」

「ええ。その方は、あなたと同じ村の出らしいですね。意外と側に、あなたのことをよく知っている方がいたんです」

「えっ。本当ですか、それは！」

期待のまなざしに、雁右衛門は身を捩るようにして、錦を見つめた。

「聞きたいですか」

「それは、もう……ええ。どんな酷いことだって構いません。教えて下さい」

「酷くないですよ。あなたは、とても良い人だったらしいです。貧しかったけれど」

錦は自分で、岩松を訪ねて話を聞いてきたと前置きして、

「生まれは、内藤新宿から甲州街道を少し西に行った、和田村という所です。岩松さんとは近所同士で、よく一緒に釣りをして遊んでいたそうですよ。幼名は雁吉さん」

「……」

「あなたは少し臆病なところがあって、なんというか、あまり人を信用しない。だから、口の中のような大事な所は、岩松さんという気心の知れた人に見て貰って、頼んだのですね」

「臆病……ああ、そうかもしれませんね……私は特に物忘れになってから、正直に

言って、誰を信じて良いか分からない気持ちに陥っておりました」

雁右衛門は落ち着いた声で、冷静に自分のことを分析するかのように語った。

「それは当然のことかもしれませんが、あまりに悪し様に言われると余計に、自分のことが分からなくなります。そして、此度の拐かしの一件……私は人に恨まれるようなことばかりしてきたのだなと、改めて思いました」

「でもね、岩松さんの話では、あなたは子供のときから、江戸に出る十五の頃まで、二親のためにせっせと働いたらしいですよ。野良仕事に加えて、物売りや屑拾いまでしていたとか」

「よほど貧しかったのですね」

「でも、それを苦にしている様子はなかったというのが、岩松さんの話です。両親が亡くなったのは、不幸な話ですが……」

錦が言い淀むと、また雁右衛門は何を聞いても驚かないと繰り返した。

「誰かに押し込まれて殺されたそうです。なけなしのお金ですが、それを奪われて逃げました。その下手人は摑まってません」

「ええ……！」

さすがに衝撃を受けて、雁右衛門は言葉を失ったまま呆然となった。

「それでも、あなたは自分の身の上を受け容れて、自棄を起こしたり、道を外れたりせず、江戸に出てきて、普請場の人足を経て、小さな材木問屋で手代として働いたそうです。これも岩松さんから聞いたことです。そのお店はもうありませんが、あなたはそこで算盤と帳簿を一生懸命、学んだのですね」

「……」

「貧しさから脱却するには学問しかない——とはよく言われますが、あなたは商いという道を選ぶことで、自分を変えることができたのでしょうね……分かりますか」

「ええ……思い出すことはできませんが、自分なりに頑張ってきたのだなとは……私には女房や子供はいなかったのですかねえ」

雁右衛門が切実な表情で訊くと、

「岩松さんの話では、若い頃に一度、ある女の人と一緒になったが、子宝には恵まれず、離縁したとのことですよ」

と答えた。

「ある女というのは……」

「それは、岩松さんも知らないとのことです。あなたと再会したのは、京橋で口入れ屋を始めた何年か後のことですから」

「――やはり、肉親には縁がなかったということですかねえ」

「私も父や母を早くに亡くしました……でも、元吟味与力方の辻井登志郎様には、今でもお世話になっております。父とは親友だったので、親代わりみたいなものです」

「そうでしたか……はは。先生のような綺麗な方は、お嫁に欲しいと引く手数多だと思いますがね……その気はなさそうですね」

雁右衛門は冗談めいて言ったが、錦は今のところ、誰かと一緒になるつもりは、まったくなかった。

「それより、歯の痛みの方はどうですか」

錦が訊くと、雁右衛門は先生のお陰で、今はそれほどでもないと言ったが、

「あた……あたたた……やはり強く嚙むと痺れますな……新しい入れ歯も、誰でしたかな……幼馴染みの、その入れ歯師に作って貰わねばなりませんな」

と顔を顰めるのだった。

このやりとりも——

錦は、佐々木に報せておいた。記憶が戻った様子はなく、嘘をついている態度も見えない。人は何か出鱈目を言った場合には、何処かで辻褄を合わせようとして、自分の話したことに集中をして、相手の話は適当に聞くことが多い。

本当に物忘れをした者は、昔から順番に事実を確認したがるが、罪人などで嘘をついている者は、逆に今から遡っていきたがる。大昔の話と矛盾が生じないように、証を立てられる「今」から離れたがらないのだ。ゆえに、

「そんな昔のことは、忘れちまったなあ」

などと嘯くのである。雁右衛門はまったく違っていた。

新たな事件は、その夜に起こった。

今度は、雁右衛門自身が拐かされたのである。さなえのときと同じような金釘文字で、さらに三千両を用意して待てとの指示だった。

その投げ文を拾ったのは手代だが、総兵衛はすぐに佐々木に報せて、どうしたらよいのか指示を仰いだ。三千両という大金など、もう手元にはないし、掻き集める

ことも無理であろうと。

店に駆けつけてきた佐々木は、前回と違って今度は落ち着いていた。店にいたさなえの身には危害が加わらないように、奉行所で預かって、探索に専念した。

「脅し文が来たのはいつのことだ」

佐々木が訊くと、手代が説明をした。用事があって、雁右衛門の部屋に行くと、姿が見えなかった。さなえの事件があったから、不安に思って廊下から中庭を見ていると、投げ文が飛んできたというのだ。

「番頭……さなえの世話をしていた、かずという女中はどうした」

「かずは今日も来ておりませぬが」

「さなえを拐かしたという文が来た日から来ておらぬな」

「ええ……」

「通い奉公だというので、俺はかずの長屋を訪ねてみた。大家の話では、拐かし事件のあった日から、帰ってきていないらしい」

「——どういうことでしょう」

総兵衛が首を傾げると、佐々木は来たばかりの脅し文を手にして、

「この文を投げたのが、かずか、もしくはその相棒の男だろう……つまり、拐かしたのは他でもない、かずだ」

「ま、まさか……」

「そうとしか考えられぬのだ。子供を『平野屋』に預けて、拐かしと見せかけて、身代金を払わせた。うまいこと考えやがった。人質を殺すつもりはなかったようだ」

「ええ……」

「だが、今度は大の大人だ。それを連れ去ったとなれば、よほどのことがあったに違いない……店の中に押し込んできて、大の大人を騒がせもせず、連れ去ることなど、できまい。まさか雁右衛門は、自ら何処かに出かけたのではあるまいな」

佐々木が問いかけると、総兵衛は店からは出ていないはずだと言った。他の手代たちも、奥の自分の部屋にいたのを何度も見ており、食事や茶も運んでいたという。

「では、密かに出たということだな」

「そうでございますね……いやこれは、一体、どうしたことか……」

総兵衛は床に座り込んで、自分がしっかりと見守っていなかったからいけないのだと、自分を責めた。

　そんな様子を、いつの間に来ていたのか、錦も窺っていた。

「おかしいわねえ」

「なんだ、錦先生。いつの間に……」

　佐々木が驚いて振り返ると、総兵衛も何事かと見ていた。

「たしかに、自分が誰か分からなければ、何処かに行きたくなる気持ちは起こるものだけれど、もう一月もこの状態だし、周りの人から聞いて『豊後屋』の主人であることや、以前はどのような仕事をしていたかも分かっている。私も昔の雁右衛門さんのことを伝えたのに」

「……」

「それ以上に、雁右衛門のことを知っている人が、昔のことを話してあげると誘い出したとも考えられるわね」

　錦がそう推察すると、佐々木がすぐに反応した。

「もしかして……かずか、その男が巧みに近づいて連れていったのやも……番頭。かずの相手って奴を知らないか。背が高くて、なかなかいい男らしいのだがな」

「分かりません。私は、かずの住んでいる所まで知りませんでした」

総兵衛が答えると、佐々木が「えっ」という顔で訊き返した。

「奉公人の住まいを知らなかったのかい。主人の娘の世話役として雇っていたのに。『平野屋』だって知っていたぞ、さなえに聞いていた、とのことだがな」

「私は知りませんでした……あの女は、主人がここに来たときに連れてきたんです。前に、口入れ屋をしていた頃の縁とかで」

「妙だな……」

「何がです」

「『平野屋』の話では、総兵衛……おまえが雇ったと言ってたが」

「かずをですか。いえ、それは勘違いをしてますね。雁右衛門さんが、娘の扱いは苦手だからと雇ったのです」

それが事実だと、総兵衛は断言した。すると、その表情を見ていた錦が、納得したように頷きながら、

「誰が雇おうと、佐々木さんの言うとおり、かずという女中が一枚、嚙んでいることは確かなようね。とにかく、雁右衛門さんの行方を探すのが先決じゃない。何か

あってからでは、手遅れですから」

「はちきん先生に言われなくても、心得てるよ」

佐々木は、探索のことにまで口出しするなとでも言いたげに、睨み返した。そんなふたりを総兵衛は不安そうに見ていた。

六

静かな波音がする。小さな漁師小屋があり、月光が照り返す海が広がっていた。潮風が浜辺に干している漁網を揺らしており、海辺には猪牙船がある。

深川の洲崎辺りであろうか。先日、身代金の受け渡しがあった夜と同じで、沖合には夜釣りの漁船が無数に散らばっていた。月の光と相まって、妙に幻想的で美しい。

だが、その漁師小屋の中には、縄で縛られて猿轡(さるぐつわ)をされた雁右衛門の姿があった。奥には、蓮っ葉な感じの派手な着物を着た女と、煙管を吹かしている遊び人風の男がいた。

憐れみを帯びた目で、雁右衛門はふたりを見ていた。薄暗い中に、小さな蠟燭が一本、灯っているだけである。人影が板壁に揺れて、不気味なほど大きい。

「――旦那……こんな目に遭わせて申し訳ないけれどね、少しの辛抱ですからね」

女は優しい声で言った。男の方も申し訳なさそうに、

「本当に俺のことまで忘れたんですかい。口入れ屋のときに、手代をしてた美濃吉ですぜ。悲しいなあ」

雁右衛門は目を見開いて、ふたりを見ている。

「物忘れになったのは、同情するけれど……考えてみりゃ、あのまま町方に掴まってたら、旦那はもしかしたら、ぜんぶ喋っていたかもしれねえし、そしたら俺たちもお陀仏だ」

「……」

「旦那は散々、阿漕なことをしてきたから、刑場の露となっても結構だと居直るかもしれねえけど、俺たちはまだ若い。道連れは勘弁して欲しいんだよな」

男の身勝手な言い分を、雁右衛門はじっと聞いている。その目には恐怖というより、もはや俎板の鯉という覚悟が見える。

「奉行所同心の川端とか言ったっけ、あいつを殺せって命じたのは、旦那だからよ。俺のせいじゃないよな」

「……」

「でも、もし何もかもを思い出したら、俺たちと一緒に、遠くへ逃げようじゃないか。なんたって、旦那は俺たちみたいな半端者を大事にしてくれた恩人だからよ」

と言いながらも男は、ニンマリと笑って徳利酒をあおった。

「ふう……もっとも使い捨てにされたかもしれないけどな」

「……」

「今度はこっちも危ねえ橋を渡ったんだ。それなりの分け前は貰いたいもんだ……俺だって町方の追っ手から、櫓を漕いで逃げるのは大変だったんだ」

得意げにまた酒を飲んだ男は、猿轡をされたまま、何か言おうとしている雁右衛門を見て、そっと近づいた。

「何か文句でもあるんですかい」

「あう、あう……」

体を揺らして藻掻く雁右衛門に、何か変化を感じたのか、男は相手の目をじっと

見つめながら、

「もしかして、思い出したんですかい」

と訊いた。

すると、雁右衛門は何度も頷いた。それでも警戒するように、

「嘘じゃないでしょうね。大声を出すのはなしですぜ。もし、暴れたりしたら、申し訳ないけれど……」

チラリと懐から匕首を見せた。

猿轡を嚙んだまま、雁右衛門は言った。

「美濃吉に、かず……」

女は『豊後屋』の女中・かずで、男は美濃吉という間夫だったのだ。

「――思い出したんですね……勘弁して下せえよ。怒らないで下せえよ」

俄に下手になった美濃吉に従うように、かずが猿轡を外した。雁右衛門は深く息を吸い込んでから、安堵した顔で、

「ふたりとも無事だったかい……案じてたんだ……」

「へ、へえ……」

戸惑った顔になって、美濃吉は返事をした。

「さなえを拐かしたのは、おまえたちなんだな。どうせ総兵衛の入れ知恵だろうが、身代金に見せかけて店の金を持ち逃げするとは、なかなかいい考えだったな」

「えっ……」

「なに、私も考えていたことだ。『豊後屋』の立場も、川端伝兵衛のせいで危うくなっていた。諸問屋組合掛り同心かなんだか知らないが、あいつも食わせもんだった。だから、早晩、稼いだ金を持ってトンズラしようと決め込んでいたのだよ」

「旦那！　本当にすっかり思い出したんでやすね！」

「ああ。なんだか、頭の中のもやもやが晴れたみたいだ」

縛っている縄も、かずは解いてやった。雁右衛門は背筋を猫のように伸ばしてから、

「おまえたちにも何かと苦労をかけたな。今のうちに、千両箱ひとつ持って、何処にでも行くがいい」

「ええ……構わないのですかい……」

「今度は私を人質にしたつもりだろうが、それは浅智恵というものだ。町方だってバカじゃない。あの佐々木って同心もなかなかの切れ者だ」

「……」

「総兵衛は舐めてかかってるようだが、足下を掬われないとも限らない。今のうちに、美濃吉。おまえの元船頭の腕前を活かして、上総だろうが相模だろうが、好きな所に逃げるんだな」

雁右衛門はすっかり、ふたりの親分のような顔つきになって助言した。

「でも、旦那。そんな調子のよいことを言って、俺たちを……」

「そんなことをして何になる。それこそ、おまえたちに喋られたら、こっちの首が飛ぶ。悪いのは川端だ。あんな輩はどうせ、誰かに恨まれて殺される。さ、急げ」

「千両も貰っていいんですかい」

「後の二千両は、私と総兵衛……仲良く山分けだ。調子こいて足のつくような真似をするんじゃないぞ。幸せになるんだぜ」

目顔で頷く雁右衛門に、美濃吉が深々と頭を下げると、かずも礼をして、

「――感謝致します。長い間、お世話になりました。旦那様もどうか、お達者で」

と声をかけると、小屋の片隅に筵を被せていた千両箱をひとつ持ち上げ、ふたりして駆けて漁師小屋を出ると、猪牙船に向かった。月は雲に霞んでいて、美濃吉たちの影は誰にも見えないであろう。

猪牙船を海に押し出して、漁り火の燦めく沖へ、ゆっくりと漕ぎ出すのを、雁右衛門は小屋の格子窓から見送っていた。

蠟燭の灯りは揺らめいているが、短くなっている。

「——さて、どうするか……」

雁右衛門は何か葛藤しているような表情になったが、千両箱の上に座り込んだまま、深い溜息をついた。

『豊後屋』では、朝になっても次なる投げ文が来ないので、泊まり込んでいた佐々木は不可解な顔で唸っていた。

総兵衛は落ち着きなく、そわそわしている。

「まさか殺されたのではないでしょうね……ここで、じっとしていても仕方がない……旦那、なんとかして下さいな」

「分かっておる。嵐山たち岡っ引たちが血眼になって探しているから、まあ待て」

「子供のさなえちゃんを利用するような卑劣な輩です。主人が何をされるか分かりません……私も探してきます」

立ち上がった総兵衛を、佐々木は引き止めようとしたが、

「番頭としての務めです。先代から引き継いだ『豊後屋』を守るには、私が何とかしなければ……何より主人の身が心配です」

と飛び出していった。

店の前で何処に向かおうか迷っていた様子の総兵衛だが、芝居がかっていた。振り返ると、潜り戸の中から佐々木が見ている。総兵衛は、居ても立ってもいられない様子で、何処かへ駆け出していった。

その足で、総兵衛が来たのは永代橋で、急いで渡ると、大横川沿いの道をひたすら、〝十万坪〟の方に向かった。洲崎の浜が近づくと、沢山の漁船が海に出ていて、遠くからは木場の木遣りの男の声が聞こえてきていた。

人々のいつもの暮らしが営まれている中を、総兵衛だけが悲痛な面持ちで駆けつけてきたのは、例の漁師小屋だった。

パタパタと扉が風に揺れている。

血相を変えて、総兵衛は小屋に飛び込んだ。そこに雁右衛門の姿はなく、美濃吉とかずもいないのを見て、啞然となった。奥に行って筵を取り払うと、千両箱はふたつしかないので、俄に不安になり、

「――あいつら。持ち逃げしやがったな……」

と残りの千両箱の蓋をあけると、小判は一枚もなかった。

「あ……ああ！」

絶叫に近い声を上げたとき、

「何事でえ」

と飛び込んできたのは、嵐山だった。他にも下っ引を三人ばかり引き連れている。

吃驚して振り返った総兵衛は、嵐山の顔を見てさらに驚いたが、

「しゅ、主人の雁右衛門が捕らえられていたんです。それが、いなくなってて」

「どうして、ここだと知ってたんだ」

「……」

「店を出てから、おまえは横道にもそれず、まっすぐここに来たよな」

「そ、それは……実はあの後、二回目の投げ文が来ていたのですが、主人はこの小屋に捕らえてあると」

「その投げ文を見せな」

「え、それは……すぐに焼き捨てろと、書かれてあったので……」

「ほう。そうかい」

嵐山はまったく信じておらず、蓋の開いたふたつの千両箱を覗き込んで、

「さなえの身代金は三千両。箱が一個足りないが……しかも、残りも空っけつ……おまえが何処かに隠したのか」

と振り返って、鋭く睨みつけた。

「知らない。私じゃない」

思わず総兵衛は声を張り上げた。

「私じゃねえ……ってことは、誰がやったか知ってるってことかい」

「ち、違いますよ……私は投げ文に従って、ここに来ただけのことで、何が何やら、さっぱり分かりません」

「そうかい。だったら、よく分かるように番屋で話を聞かせて貰おうか」

「ですから、私は何も……」

必死に知らないと繰り返す総兵衛の腕を、嵐山はしっかりと摑んだ。

「往生際が悪いな。さなえが拐かされたように見せかけたのがおまえなら、雁右衛門をここに放り込んで、またぞろ身代金を……払うふりをして奪おうとしたのも、おまえだろうがッ」

「ち、違います……」

嵐山は床に落ちている縄と猿轡、目隠し用の布などを指して、

「ここに連れ込んでた証だ……雁右衛門はどうした。他の仲間たちは！」

と責め立てると、みるみるうちに総兵衛の顔つきが醜く歪んで、

「——あいつら……俺を裏切ったな……」

そう呟いた。

「裏切った？　ますます聞き捨てならないな。来て貰うぜ」

乱暴に嵐山が引き寄せると、総兵衛は隠し持っていた匕首で突きかかろうとした。だが、それも見抜いていたのか、あっさりと嵐山はねじ伏せて、捕り縄で縛りつけるのだった。

七

北町奉行所で、お白洲が開かれたのは、その翌日のことだった。さなえの拐かし事件についてである。

嵐山に捕らえられた後、総兵衛はすぐに自身番で取り調べられ、そのまま吟味方与力の詮議を受けた。一晩、奉行所内の牢部屋に留められ、直ちに、遠山左衛門尉による裁判となったのである。

その直前に——実は、深川八幡宮の近くで、ぶらぶらしていた雁右衛門が、本所方同心の伊藤洋三郎に保護され、日本橋の店まで連れ帰られていた。

伊藤に話した雁右衛門の話では、店の庭で何者かにいきなり捕らえられ、目隠しと猿轡をされ、「騒ぐと殺す」と匕首を突きつけられたという。掘割らしき所で川船に乗せられて、何処かの小屋に連れてこられた。だが、その夜のうちに、賊は何処かにいなくなり、自分はなんとか縄を解いて逃げ出した。

だが、またもや自分が誰か分からなくなって、町をうろついていたのだが、徐々に最近のことを思い出して、札差『豊後屋』の主人だと自覚し始めたときに、伊藤に誰何されたという。

そこで、これまで物忘れの様子を見ていた錦の同席のもと、お白洲に呼ばれたのだ。

お白洲の壇上に現れた遠山は、威厳ある態度と顔つきで、さなえの拐かしを企てた〝被疑者〟である総兵衛を睥睨し、傍らに控える雁右衛門を見た。

雁右衛門の顔が見えるよう、蹲い同心の横には、錦も臨席している。

「――総兵衛……おまえは、そこな『豊後屋』雁右衛門が物忘れに陥っているのを良いことに、先代主人の娘で養女のさなえを拐かし、三千両を払った……と見せかけて、奪い取ったとあるが、さよう相違ないか」

遠山が重々しい雰囲気の中で訊くと、総兵衛は「知りません」とハッキリ答えた。

「では尋ねるが、おまえは、昨日、何故、洲崎の漁師小屋に行ったのだ。岡っ引の話では、迷うこともなく、一目散に向かったとのことだ。申してみよ」

「……」

「北町定町廻り同心の佐々木は、さなえ拐かしの件で関わっておるが、おまえの言動には引っかかるところがあったという。だから、岡っ引たちにも尾けさせたのだ」

総兵衛は素知らぬ顔をしているが、遠山は構わず続けた。

「おまえは、仲間と結託して、さなえの身代金をせしめて、何処かに隠した。その上、今度は雁右衛門までも……身代金を狙った拐かしは死罪。それを擬装して三千両もの金を盗んだとしても死罪。認めるな」

責め立てた遠山を見上げてから、総兵衛はチラリと雁右衛門の横顔に目を向けて、

「言っておきますがね。私は一文も手にしておりません。こうなりゃ、洗いざらい話しますよ。ええ、どうせ三尺高い所に晒されるなら、こいつ……雁右衛門も道連れにしないと、割が合わないのでね」

「割が合わないとは、どういうことだ」

遠山は嘘偽りを申すと、一等減じるという措置もできなくなるぞと牽制した。

「獄門が打首になったところで、死ぬのには代わりはないからね……私はこいつに利用されてきただけですよ」

憎々しげに、総兵衛は雁右衛門を睨みつけて、

「物忘れになったというけれど、どうですかねえ……こいつは口入れ屋稼業をしていた頃から、汚い手口で上前をはねてた。たまさか、うちの主人が病に倒れたから、札差の株を金に物を言わせて買って、私たちを都合良く利用し始めた」

「それはどういう意味だ」

「まあ、私もそんな立派な人間じゃありませんがね、番頭の地位を利用して、店の金をちょろまかすことはありましたから……帳簿に詳しい雁右衛門は、それを克明に調べて、私の不正を知って脅すようになった。そういう奴なんですよ、こいつは」

唾棄するように、また雁右衛門を睨んで、

「それで、〝米札〟の騒ぎだ……こいつは頭が働くんでしょう。米切手を担保にした〝米札〟を考えついて、問屋組合の内々で決済に使わせ、米相場に応じて多額の儲けを手にしていた。札差の手数料では話にならないほどの儲けだ」

「だが、相場によっては損もするだろう」

「そこは抜け目のない奴だからね。米の値が上がろうが下がろうが、現金を手元で動かせる雁右衛門の思うがままですよ」

「……」

「しかし、そんな仕掛けも三年もすりゃ、みんなおかしいと気づくでしょうが。だから、そろそろトンズラする時期だなと思ってたんですよ。ところが……」

川端伝兵衛がその不正を見抜いて、過去のことまで持ち出して、雁右衛門を脅したので、厄介払いに殺したというのだ。

「手にかけたのは、美濃吉ってごろつき同然の男ですがね、この雁右衛門が口入れ屋をしていたときの手代です。そして、その情女の、かずってのを女中として雇って、さなえの面倒を見させてた」

「その美濃吉とかずが、此度の拐かしに関わっている——との疑いがあるが、そのとおりなのだな」

「ええ、ええ……なんでも正直に申し上げますよ」

総兵衛はすっかり居直って話した。

「あの捕り物で頭を打って物忘れになった主人なんて、ただのお荷物だ……人が良くなったなんて言われても、こっちは何の儲けにもならない。せっかく〝米札〟で稼いだ金も、徐々に目減りしていく……」

「だから、拐かしに見せかけて身代金を奪い、持ち逃げしようとしたのだな」

「――ま、そういうことです。初めに、お奉行様が言ったとおりのことです。でもね、すべては、この雁右衛門が悪いんだ。川端って町方役人を殺せと命じたのは、こいつですよ。なのに、物忘れをしたからって、何もかもお咎めなしですかい！」

納得できないとばかりに、総兵衛が声を上げた。遠山は「おまえの言い分はもっともだ」と頷いたものの、

「物忘れをした者には、たとえ罪を犯した証が揃っていたとしても、直ちに刑罰に処することはできぬのだ……気が変になって犯した罪と同様にな」

「知るもんか」

総兵衛は感情が込み上がってきて、

「なあ、お奉行様。そんなことで罪を免れるんなら、私だって、いくらでも物忘れになってみせますよ」

「それはもう無理だな。おまえは滔々と、お白洲で話した。飲み屋で話すのと訳が違う。これは最も重きのある証拠となる」

「……」

「三千両は、何処に隠した」

「だから、それは吟味方与力様にも散々、言いましたがね。あの小屋に行ったときは、もうなかったんだ。美濃吉とかずがぜんぶ持ち逃げしたに違いねえ」

怒鳴るように言ってから、ハッと雁右衛門を振り向いて、総兵衛は摑みかからん勢いで近づこうとした。すぐに蹲い同心ふたりが駆け寄って止めて座らせると、ただちに遠山は、

「縛りつけておけ」

と命じた。

抗おうとする総兵衛だが、押さえつけられると、直ちに後ろ手に縄を掛けられた。それでも、総兵衛は遠山を見上げて、

「お奉行様。ちゃんと調べて下さいよ。こいつが……雁右衛門が隠したに違いねえ」

「物忘れの者に、なすりつけるつもりか。しかも、美濃吉とかずに拐かしを命じたのはおまえであろう。雁右衛門も、おまえに中庭に連れ出された途端、何者かに目隠しをされ、猿轡をかけられたと話しておる」

「ああ、たしかに私が命じたことですよ。できれば、後二、三千両は持ち逃げしないと、割が合わないですからね」

「その欲が、己の死を招いたな」

遠山は自業自得だとでも言うように、睨みつけたが、総兵衛は必死に言い返した。

「三千両を隠したのは、雁右衛門ですよ。そうに違いない。あの美濃吉とかずは、こいつを恩人だと思ってる。なのに、捨て置いて自分たちだけが逃げるわけがない」

「……」

「もしかしたら、こいつは物忘れから戻って、俺をハメるために、こんな芝居をしているのかもしれない」

頭がおかしくなったように、総兵衛は叫んだが、遠山は冷静に見ていて、

「だとしたら、そのふたりと一緒にドロンすればよいだけではないのか……わざわざ『豊後屋』に戻ってくることはあるまい」

「いや、しかし……」

「すでに、美濃吉なるものと、かずには追っ手をかけておるが、そやつらが捕まれ

ば、すべては明らかになるだろう。だが、その前に、おまえは自白した。信憑性もある」

「お奉行様……私は何もしてません！」

「このお白洲は、さなえの拐かしの吟味だ。さなえの身が無事であって、盗んだ金が何処に消えようと、おまえが自分でやったことだと、既に認めておるではないか」

「あっ……」

「『豊後屋』番頭・総兵衛。おまえには打首を申しつく」

「そ、そんな……」

全身震えて立つことが出来ない総兵衛を、蹲い同心たちが、お白洲から連れ出した。総兵衛は何か訳の分からないことを叫んでいたが、遠山は冷ややかに見送った。

「さて、雁右衛門――」

遠山が改めて威儀を正して声をかけた。

「これまでの総兵衛の話を聞いて、どう思うか、素直に申してみよ」

「はい……今の私には覚えがないこととはいえ、随分と酷いことをしたのだなと、深く反省するしかないと思っております」

「身に覚えがないのに、反省……とな」

「〝米札〟のことはともかく、町方のお役人様を殺せと命じたとか……とても信じることはできませんが、もしそれが事実ならば……極刑も仕方がないのかと存じまする」

「さようか。ならば、そうしよう」

断言する遠山に、

「えッ？」

と雁右衛門は不思議そうに顔を向けた。その表情を凝視しながら、遠山は言った。

「たとえば、十五歳にならぬ者が罪を犯せば、罪一等減じた上で、その年になって改めて科刑する。子供を腹に孕んでいる女が罪人になれば、赤ん坊を産んでから後、処刑される。御定法に定められていることだ」

「はい……」

「よって、物忘れが治るまで、牢部屋に留めておき、治った時に改めて、吟味を経て、刑に処することとなる」

「牢部屋……ですか」

「おまえには人殺しの疑いがある。物忘れをしたからといって、無罪になるわけではない。誤ってまた人殺しをせぬとも限らぬ。元に戻らなければ、生涯牢暮らしになるかもしれぬが、さよう心得よ」

雁右衛門は愕然となったが、遠山は一呼吸置いて付け足した。

「とはいえ……おまえはこの一月余り、誰もが認める善行を為したらしいな。元々は良い人間であるとの報もある。一定の後見人をつけて、市井で暮らさせ、その様子を見てもよいと考えている」

「——あ、はい……仰せのままに……」

今度は、安堵したように微かに微笑むと、雁右衛門は改めて深々と頭を下げた。

「番所医・八田錦……雁右衛門を診察してきた経緯はすでに聞いておるが、このお白洲に臨席しておって、どう思うたか、意見を申してみるがよい」

遠山が水を向けると、錦は凜とした目を雁右衛門に向けて、

「物忘れからは、もう治ってますね」

と言った。

「えっ……いえ、私は……」

戸惑ったように、雁右衛門は首を振った。

「なのに、どうして、わざわざ、このお白洲に出るような真似をしたのですか」

「……」

「物忘れは罪に問われない……そう思ってのことでしたか。それとも、少しでも罪の念があったからですか……違いますね」

錦は、思わず目を逸らす雁右衛門の側に来て、

「総兵衛を死罪に追い込むためでしょ。そうすれば、自分は助かるかもしれない。その上で、何処かに隠した金を持って、人知れず逃げることができる。そう考えましたね」

「いいえ……」

「でも、その考えは甘かったですね」

「……」

「あなたは、あの時、少し記憶を取り戻しかけていた……」

「あの時……と申しますと……」

「私が、岩松という人から聞いた昔話を伝えたときです」

「はい。それは、もちろん覚えてます」

「あなたは話の最後に、入れ歯の所が痛むと言いました」

その時の話を、錦は遠山に向かってした。

『歯の方の痛みはどうですか』

と錦が訊くと、雁右衛門は先生のお陰で、今はそれほどでもないと言ったが、

『あたた……やはり強く噛むと痺れますな……新しい入れ歯も、誰でしたかな……幼馴染みの、その入れ歯師に作って貰わねばなりませんな』

と顔を顰めた——という話をした。

「それが、何か……」

首を傾げる雁右衛門に、錦は微笑みかけて、

「痛いはずがないんです。かなりきつい、痛み止めを処方していましたから……でも、まあ、それは人それぞれなので、痛いとしましょう……でも、『誰でしたかな……幼馴染みの、その入れ歯師に……』とあなたが言ったときに、私は物忘れはなくなっていると、判断しておりました」

「……」

「なぜならば、私は入れ歯師の名前を、何度も言ってましたよね。物忘れをした方は、新しく聞いた名前は忘れないように、頭に刻み込むんです」

「でも、それだけのことで……」

「あなたは、歯の痛いふりをし、入れ歯師の名前を忘れたふりをした……」

「……」

「ですから、あなた自身が拐かされたときは、総兵衛の罠に乗ったのかもしれないけれど、実はそのときは、もうスッカリ思い出していた。これ幸いと店から逃げ出せる——そう算盤を弾いたのです」

錦が推測を交えて話すことを、遠山は黙って聞いていたが、雁右衛門自身は違うとまた首を振って、

「本当に、何もかも忘れているのです」

と言った。だが、錦はさらに追い詰めるように続けて、

「物忘れに陥っている人は、昔のことから順繰りに話を聞こうとします。ですが、嘘をついている人は、今話したことから、遡っていくのです。少しでも矛盾が起こ

らないようにと、警戒しているからです」

「……」

「岩松って人が誰か、気にならないのですか。入れ歯師の名前は本当は、兵吉(へいきち)といいますよね。幼馴染みで仲良しだったのは本当のことでしょ。でも、記憶を呼び覚ませるために、わざと名前だけは嘘をついていたのです」

黙って聞いている雁右衛門に、錦は少し強い口調で言った。

「初めのうちは、あなたは素直に信じて聞いていた。でも、最後の最後に……私が言っていることは、おかしいと気づいた。物忘れから治ったら、ふつうなら『違いますよ。幼馴染みは兵吉ですよ、先生』と嬉々として言うはずです」

「……」

「でも、物忘れではないとなったら、色々と不都合が生じる。だから、あえて誤魔化した。そうですよね、雁右衛門さん」

錦がそこまで話すと、雁右衛門は緊張の糸が切れたように、

「――なんだ……先生は俺を騙していたのですか」

「騙していたのを、知ってたでしょ。元に戻ったことをなぜ言わなかったのです」

「……」

「それより私が気になったのは、せっかく物忘れから脱却できたのに、わざわざ戻ってきたことです……総兵衛さんのこともありましょうが、心の片隅にでも、善根が残っていたからではありませんか」

「……」

「いい人は、自分では自白できないけれど、暴いて欲しいと思うそうです。このお白洲に来たのは、その思いもあったのでは、ありませんか……物忘れをしたことで、自分の本来の姿を思い出したのではありませんか」

錦にそう言われると、雁右衛門もそんな気がしてきた。

「――申し訳ありません……遠い昔のことは、本当に覚えておりません……いや、思い出したくもありません……ですが、この数年のことは、よく覚えております……」

「もしかしたら……ぜんぶ忘れたままの方が、よかったのかもしれませんね。あなたにとっては……」

諭すように錦が言うと、雁右衛門はすべてから解放されたように脱力し、深い溜息をつくのだった。

二千両は、やはりあの小屋の床下に埋めて隠してあり、後で取りに行くつもりだったと話した。その数日後、美濃吉とかずも、小田原城下で捕まった。やはり持ち慣れぬ金に気が大きくなったのか、襤褸が出てしまったようである。

事件がすべて解決して後、錦は遠山に呼び出された。慰労の言葉でもかけられるのかと思ったら、

「近頃、物忘れが多くなってな……昨日のことも覚えてないし、今、何をしようと思っていたかも、すぐに忘れるのだが」

と相談された。

「ご多忙の人は、昨日のことは案外と、忘れるものです。日誌をお付け下さい。そして、何をしようとしたかを忘れるのは、物忘れや惚けではありません……今したことを忘れたら、少しまずいかもしれませんね」

「今、したこと……?」

「たとえば、食事をしたのに、すぐにまた食べるとか」

「あ、いや……近頃、よく食うからなあ……ついつい、何度も……」

「それは、まずいですね。そういう御方が、お白洲で裁くのはどうかと思いますので、すぐにでも辞職して下さい」

身も蓋もないことを言って、錦はさっさと持ち場に帰るのであった。

「おいおい。もう少し物言いってのが……ま、いいか。それが、はちきんのよい所だ」

遠山は何をしようとしたのか、思い出そうとしながら、詰所に行った。

第四話　眠らぬ猫

一

寒空に三日月が浮かんでいる。

湿っぽくて冷たい筑波颪(おろし)が、江戸まで届いているような夜だった。

縮緬(ちりめん)問屋『大坂屋』の主人・徳左衛門(とくざえもん)と番頭の伊兵衛(いへえ)が、肩を寄せ合うようにして提灯を掲げ、隅田川の土手を歩いていた。商売の出先からの帰り道だった。

「やけに寒いですね、旦那様……」

「ああ。早く帰って一杯やりたいところだが、もう一件、廻らなければならない。暮れの支払いに間に合わないから……」

「ええ、分かっておりますとも。大丈夫です。何とかなりますよ」

励ますように番頭が言ったとき、前方からふらふらと足下もおぼつかない男が歩いてきた。印半纏姿で徳利を背負っている。体が大きくて、大工のようだった。

「――ひっく……てやんでえ……やってられるかってんだあ……」

ぶつぶつと愚痴を垂れながら歩いている。土手の道を左右に揺れているので、徳左衛門と伊兵衛はぶつからないように、道の端の方に避けていた。前方から来る大工に比べると、ふたりとも非力そうな男である。

しかも、徳左衛門の方は、少し足もおぼつかなく、咳き込んでいるようにも見える。

だが、大工は膝が崩れるようになって、徳左衛門らの方に倒れ込んできた。思わず伊兵衛が支えて、

「大丈夫ですか、棟梁」

と声をかけると、大工の男は虚ろな目で、ふたりの顔を睨み上げ、

「棟梁だと……おい。からかってんのか」

「あ、いえ。随分と、お召し上がりのようですが、本当に大丈夫ですか」

伊兵衛は体を支えながらも、離れようとすると、いきなり大工は伊兵衛の肩を摑んで、酒臭い息を吹きかけながら、

「てめえ。誰が棟梁なんだ、ええ！　俺はその棟梁を、辞めさせられたところだ！　こっちから、お断りだ。つまらねえ仕事を頼むんじゃねえっつんだ！」

と喧嘩を吹っかけるような勢いだった。

「申し訳ありません。どうか、お気を付けて……私たちも先を急ぎますので」

徳左衛門を庇うようにしながら、伊兵衛は大工から離れて、立ち去ろうとした。

だが、大工はしつこく絡んできて、

「待てよ、こら。逃げるのか、おい！　てめえら、人をバカにしやがって！　おら！」

と、いきなり伊兵衛に殴りかかった。

避けたつもりだが、大工の力は半端ではなく、頬を掠めただけだが、伊兵衛は吹っ飛んで地面に仰向けに倒れた。さらに、怒声を浴びせながら、徳左衛門にも殴りかかってきたが、かろうじて躱してから、

「いい加減にしなさい」

と突き飛ばした。

すると、大工は酔っ払っているからか、そのまま自分で足を揚めるように、よろ

よろと倒れ、並木の松にゴンと頭をぶつけて、その場に崩れてしまった。

「あっ……」

近づこうとした徳左衛門の腕を、立ち上がってきた伊兵衛が思わず引いた。

「気を失っただけですよ、旦那様。こんな輩は後が面倒ですから、関わるのはよしましょう。酒癖の悪い人だ」

「いや、しかし……」

と様子を見ようとしたが、グウグウと大きな鼾をかいている。

「ねっ……目が覚めたら、自分で吃驚しますよ」

伊兵衛は、触らぬ神に祟りなしとばかりに、徳左衛門を引っ張るようにして、その場から急いで立ち去るのだった。

蒼い月だけが、ぽっかりと浮かんでいた。

翌朝——。

北町奉行所・定町廻り同心・佐々木康之助が何人かの岡っ引や町方中間らを引き連れて、検分をしていた。

ここは、浅草御米蔵の近く、御厩河岸之渡である。かつて、ここの渡し船は客を乗せすぎるために、よく転覆していたので、「三途の渡し」と呼ばれていた。その目の前の松の木に頭をぶつけて死んでいる大工は、すっかり体が冷えたうえに、死後硬直も進んでいた。

「三途の渡し船に乗らずに死んだのかよ……憐れなもんだな」

呟く佐々木の傍らでは、錦が検屍をしている。

「昨晩……のことのようですね。まだ酒臭いほどですから、かなり飲んでいたようですね……死因は頭と首の骨を折ったことによります……転んだだけにしては、傷が大き過ぎますが、頭を打ってるから……」

土手の下まで転がっていた徳利を、嵐山が拾ってきて、

「これは一升入るほどの〝お化け徳利〟だ……ほとんど残ってねえ。こんなに飲めば、足が縺れて倒れるわなあ」

と言うと、錦がもう一度、大工の足下を見た。

草履は履いたままである。不審な点はないが、その近くに草履の跡が幾つもついている。錦は大工の草履の裏と合わせてみると、別の痕跡のものが幾つかある。

「他にも誰かいたみたいね」

錦が言うと、佐々木は特に気にもせず、

「往来の多い所だ。そんな足跡を浚(さら)ったら、なんぼでも出てくるだろうよ」

「昨日は湿っぽかったから、この土手道にもくっきりと残っているのね……この松の木の近くには、ほら……この大工の足跡と照らし合わせてみると……」

岡っ引らを立たせて見せて、大工の足跡と、他のふたつの動きを照らし合わせた。

「ね……草履の向きなどから見て、大工と誰かふたりが、この辺りで揉めていたかもしれないわね。バタバタしてるようだから」

錦がそう説明をすると、佐々木も「なるほど」と頷いて、近くの路上も改めて見ると、人が滑って転んだような痕跡もある。伊兵衛が倒れた後が残っていたのだ。

その痕跡の少し下を見ると、もはや枯れ草しかないのだが、矢立の筆が落ちていた。佐々木はそれを拾って、

「相手は商人か……たしかに何か揉め事があったのかもしれないな。はちきん……いや、錦先生。その大工は死んでから、どのくらいの時が経っているか、できるだ

け正しく見立ててくれないか」

「ええ、それはもう……」

「そしたら、死んだ刻限に、この辺りを通った者を絞れるかもしれぬ。夜のことだしな、そんなに多くはおるまい」

佐々木がそんな話をしていると、嵐山が大工の女房らしき女と子供数人を連れて来ているのが見えた。印半纏から、どこの大工かはすぐに分かるだろうから、探していたのだ。

寝かされている大工の近くに来た女房は、衝撃を受けながらも、

「おまえさん！　ああ、おまえさん！」

と抱きついた。

その後から、子供たちも「お父っつぁん」と俄に泣きながら、縋りついた。子供は十歳くらいの男の子を頭に、男三人と女ふたり、ぜんぶで五人いた。

佐々木は、女房に寄り添うように、

「亭主に間違いないかい」

「――は、はい……智蔵（ともぞう）といいます……でも、どうして、うちの人が……」

絶望のどん底に突き落とされたとしか思えない顔で、女房はまた泣き崩れた。つられるように子供たちの悲しい声も、しだいに大きくなっていく。通りすがる人々も、遠巻きに見ながら合掌している。

女房の名は、お浜（はま）といい、駒形堂近くの「ふくろう長屋」に住んでいるとのことだった。

「駒形堂なら目と鼻の先だ……家の近くまで帰っていたのに、こんな目に……」

溜息混じりで佐々木は呟いて、昨日、出向いていた普請場が何処なのか尋ねた。それは少し離れた元鳥越町の方、公儀の天文屋敷近くの武家屋敷だったという。

「武家屋敷……」

「はい。なんでも、勘定奉行所の公事方を務めている御方とかで……名前は、今、ちょっと忘れました」

「それは、こっちで調べれば分かる。しかし、昨夜、亭主が帰って来ないのは不思議に思わなかったのかい」

「仕事の後、寄合があって、夜通しかかるとか話してましたから……てっきり、泊まり込みかと……棟梁でしたから、そういうことはよくありましたから……」

「そうかい……酒はよく飲むのかい？」

「ええ……笊と言われるほどの大酒飲みでした。でも、陽気な酒で、泥酔するほど酔っ払うなんてことは、あまり……」

お浜はもう佐々木の問いかけには、答えられないほど、また泣き出してしまった。

錦は、女房や子供を見ていて胸が痛くなった。当面は、酒に酔っ払って、誤って転んだとされるだろうが、

――なんか妙だ……おかしい。

と感じていた。

何処がどうおかしいのか、今のところは説明がつかないが、大柄な体つきとはいえ、転んだだけで首を折るほどの怪我はめったにないからだ。しかも、階段から転倒したり、土手から川まで転がり落ちたわけでもない。

たしかに、ちょっとしたことでも致命傷を受けることもあるが、松の木の幹や根っこにぶつかっただけにしては、損傷が激しいと見ていた。もちろん、この見立ては佐々木にも伝えたが、事件だと断定するほどの証拠も残ってはいなかった。

二

縮緬問屋『大坂屋』に、公事師と名乗る男が訪ねてきたのは、数日後のことである。

公事師とは今でいう弁護士や司法書士のようなもので、町奉行からは勘定奉行、寺社奉行などへ訴訟事件の訴状代書や公事吟味での代理人として、いわば御定法を扱う専門家として信頼されていた。

もっとも中には、借金の取り立て屋紛いもいた。利害が対立している店や人間の間に入って仲裁をし、その報奨金で暮らしていたからだ。ゆえに、銭金については非情な面があった。

「公事師の神崎弥八郎様……ですか」

番頭の伊兵衛は訝しげに出迎えた。相手が用件を切り出す前に、なんとなく嫌な予感がした。先夜の大工とのことが、すぐに脳裏に過ぎったからだ。

徳左衛門も伊兵衛も、あの大工が、智蔵という者だと噂に聞いていた。その妻と何人もの子供が残されたことも、人伝に承知していた。しかし、あの現場は誰にも見られていないはずだし、ほとんど自分で転んだことだから、自分たちには責任はないと思っていた。とはいえ、

――死んだ。

と聞いたときには、少なからず狼狽した。

徳左衛門は、やはり、とりあえずは番所には届けておくべきであったと、悔やんでいた。後になればなるほど、隠し立てしていたことで、厄介になるからである。

しかも、目の前にいる神崎弥八郎は、海千山千の公事師も多い中で、切れ者の腕利きだとの評判だった。元は、南町奉行所の吟味方同心だったとかで、その噂は伊兵衛も耳にしたことがあった。

「店で話はなんだから、奥で宜しいかな。それとも、客に聞こえても……」

いきなり牽制する態度である。だが、ここで引き下がれば、相手を調子づかせることになる。伊兵衛も大店の帳場を預かる番頭である。言いがかりをつけに来る輩とやり合うことは、かなり経験していた。

「――そうか。店でよいのなら、それで結構。では、本題に入るが……大工の棟梁、智蔵が死んだ。そのことは知っておるな」

「大工の智蔵……さあ、存じ上げませんが」

と惚けた。その時点では、名前など知る由もなかったからである。

「知らない」

「はい」

「駒形町近くのふくろう長屋に住んでいる大工の棟梁だ」

「いえ、分かりません」

「数日前、御厩河岸之渡で、おまえさんと主人が突き飛ばして、殺した相手だよ」

核心を突くように、神崎は大声で言った。特に、「殺した」という言葉を強調し、来客の耳目をいっぺんに集めた。

一気呵成に脅しにかかってきていると思った伊兵衛だが、この手の輩は世の中、いくらでもいる。逆に伊兵衛はむかっ腹が立ってきて、屈してなるものかという決心が湧いてきた。

「神崎様とやら、聞き捨てならないことを仰いましたね。殺したというのは、一体、誰が誰を殺したというのですか」

「おまえたちが、智蔵をだよ」

「そこまで因縁をつけるのなら、まずは番所でも自身番でも届ければ宜しいのではないですか。こんなことをして、金でも強請り取ろうというのでしょうが、身に覚えのないことですから、その手には乗りません」

「その手には乗らない……」

「はい。お客様に迷惑でございます。お引き取り下さいませ。でないと、こちらから町方の旦那を呼びますよ」

そう言ってから、手代に向かって、

「鈴吉(すずきち)。浅草御門前、茅町の自身番まで行ってきておくれ」

と命じた。

この『大坂屋』は瓦町にあるのだが、浅草御門はすぐ近くである。

だが、神崎はまったく怯むこともなく、

「どうぞ。行ってくれて結構。同心だろうと岡っ引だろうと呼んでくればいい。おまえさん方が御用になるだけだ」

「……」

「だが、こっちはそんな話はどうでもいい。おまえたちが摑まってしまえば、話が遅くなるので、三尺高い所に晒される前に、弁償金を出して貰っておきたいだけなんだ」

神崎は自信たっぷりに言って、持参した約定書を伊兵衛に手渡した。

「智蔵には、女房と五人の子供が残されている。一家の大黒柱を失って、露頭に迷っている。これから暮らしは大変だ。その面倒を見てやるのが、殺した智蔵への供養というものではないか」

「な、なんということを……」

「おまえたちが処刑されてしまってからでは、店の継承だのなんやかやと面倒だからね。その前に、切りよく千両、支払ってやりなさい。そしたら、残された女房子供は助かるし、おまえたちだって、お白洲において、深く反省しているとお奉行が感じるだろう。そしたら、罪が減じられて、死罪は避けられるかもしれない」

「そんな、めちゃくちゃな話があるものですかッ」

次第に、伊兵衛も気色ばんできて、渡された約定を叩き返した。そこには、一方的な謝罪文と千両差し上げますの文言があった。

「しかも、千両だなんて法外な。あんたはこんな脅しが通用すると思ってるのですか」

「智蔵は腕利きで、数人の弟子も抱えていた大工棟梁だ。日雇いの大工とは違う。日雇いであっても、一日も休まず働いたら、年に二十両にはなる。智蔵は今でもその倍以上は稼いでいる。後二十年は働けるのに、殺された。千両は妥当な額だ」

「……」

「本来なら、それに見舞金や謝罪金として、さらに何百両か付けていいくらいだ。それを千両で勘弁しようというのに、それすら払わない。智蔵は殺され損でいいというのか」

さすが元は吟味方の同心だけあって、責め立てるのが上手い。吟味方与力は今でいう検事で、同心は検察事務官であろうが、罪人を取り調べており、場合によっては拷問や威嚇もしていたから、伊兵衛はすっかり萎縮してしまった。

「これは、町方の仕事で、公事師が言うことではないが、おまえたちが殺したところを見ていた者もいるのだ」

「ええッ――！」

さすがに伊兵衛は驚きを隠せなかった。

「あそこは渡しがあるであろう。その渡し船の艪が壊れて、修繕していた船頭がたまたまいたのだ。おまえらふたりが、酔っ払っていた智蔵を組み伏せて殴り殺したと、ちゃんと見ていたんだよ」

「そんなバカな。あれは私が殴られたから、主人がちょっと押し返しただけだ」

思わず伊兵衛が言うと、ニンマリと神崎は笑って、

「ほら。殺したじゃないか」

「ち、違う……足下がもたついて勝手に倒れただけだ」

「だから、そんな言い訳は、お白洲ですりゃいいことだ。おまえらが突き飛ばしたのは事実。見ていた者もいる。よしんば、おまえが言うとおり、押されて倒れただけだとしても、それが原因で死んだら、おまえたちのせいだ……残された妻子に金を払う理由は、充分あると思うがな」

神崎の話を、客たちも突っ立ったまま聞いていた。その客たちを見廻しながら、

「ほら……だから、店で話していいのかいって、初めに訊いただろ」

「……」

「番頭さん。俺は何も、おまえたちの罪を暴きに来たわけでもないし、咎人に仕立てるつもりもない。人として情けがあるなら、たとえ殺しでなく、ただの喧嘩だったとしても、その結果、相手を死に至らしめたのだから、妻子に金を払ってやりなさい……って言っているんだよ。分かるな」

すっかり勝ち誇った顔になった神崎に、伊兵衛は返す言葉もなく、ただ全身を震わせているだけであった。

すると、奥から、徳左衛門が出て来て、素直に従うように座った。

「悪いのは、伊兵衛ではありません。今、こいつが話したように、相手がいきなり殴ってきたので……ごらんのとおり、まだ伊兵衛の顔には腫れが残ってますが……私が止めようと突き飛ばしました」

「そうかい。さすが店主、話が分かる。だが、その話は定町廻りにでも、恐れながらと申し出るのだな。俺が言いたいのは……」

「承知しております。千両は大金です。今すぐに用立てることはできませぬ。改めて、神崎様を通して、先様にお支払い致しますので、今日のところはお引き取り下さいませ」

徳左衛門は両手をついて言い、伊兵衛が投げ返した約定書を受け取った。

「そうですか……ならば、お待ちしましょう。なるべく早くお願いしますよ、ご主人」

最後は丁寧な口調になって、神崎は店を後にした。

その堂々たる態度に、野次馬同然に見ていた客たちは思わず避けた。そして、そこそこと噂話をしながら、客たちは潮が引くように店からいなくなった。

「――旦那様。あんなことを言って……」

「仕方ないですね。私がやらかしたことですから」

「でも、せっかく這いずり廻って掻き集めたお金を……あの大工が悪いんじゃないですか。あんな奴のために、なんで……！」

伊兵衛が納得ができないと床を叩いて、感情を露わにして泣き崩れた。

三

その夜のことである。元鳥越町近くの武家地にある屋敷に、ひとりの頰被りをした盗っ人が塀を乗り越えて入った。

辺り一帯は、大御番組や御書院番組という将軍側近の武家屋敷があり、幕閣を担う大名や旗本の屋敷も多くあった。その三味線堀に程近い所だった。

遠くから、ピイピイと呼び子の音が聞こえている。追いかけてきたのは佐々木と嵐山ら岡っ引や下っ引だった。

「どっちだ」「向こうだ」「探せ、探せ！」

一同、声を張り上げていたが、盗っ人の姿はすでに武家屋敷の中に消えているから、影すら見ることはできなかった。

「嵐山……てめえ、なんで見逃したんだ」

佐々木が苛ついて、嵐山の厚い胸板を十手で突っついた。

「痛えでやすよ、旦那」

「逃がした方が痛いだろうがよ。あいつは、その勘定奉行所公事方から、何かを盗んできた。きっと此度の一件のことも、何か知ってるはずだ。とっ捕まえて吐かせろ」

「て言われてもですねえ……」

「歯切れが悪いな。おまえ、あんなこそ泥の味方をするつもりじゃないだろうな」

「いえ、そんなことは……」

曖昧に返事をする嵐山に、佐々木はさらに十手で小突いて、

「とにかく、見つけ出せ。探し出して、智蔵が誰に殺されたのか、ハッキリさせるんだ……これは酔っ払った事故じゃねえし、ただの殺しでもねえと、俺は睨んでいる」

「へえ。ですよね……」

「だったら、おまえもシャキッとしろ、シャキッとよ！」

苛々と佐々木は怒鳴りつけたが、その声は闇の中に虚しく響くだけだった。

なぜ、盗っ人如きを追いかけているか。その理由はほんの一刻ばかり前に遡る。

大工の智蔵が関わっていた、勘定奉行所の公事方の屋敷とは、鳥越橋側にある本多左近将監という勘定奉行の別邸だった。勘定奉行所という役所はなく、奉行職にある旗本の屋敷がそのまま使われる。

その公事方の屋敷は、本多屋敷から掘割を挟んだ別邸に置かれていた。智蔵が改

築普請を任されていたのが、ここである。

　今逃げた盗っ人は、勘定奉行・本多左近将監の屋敷の別邸である、この屋敷に入り、幾ばくかの金を盗んで逃げた。改築のため、警固が手薄だったのを狙ったようなのだ。

　盗んだ金庫の側には、三毛猫の顔を描いた千代紙が置かれていた。これが、〝三毛吉（みけきち）〟と名乗るこそ泥がやった証なのである。

〝三毛吉〟とは、主に評判の悪い武家屋敷や商家に、まさに泥棒猫のように忍び込み、小額の金を盗んでは、困った人に恵む——というのを矜持としている盗っ人である。悪いことをするのに矜持というのもふざけているが、ほとんど被害を受けないので、盗まれた方も放置している状態だった。

　どれほど盗みがされているのか、捕まっていないので計算のしようがないが、仮に二、三両の金を奪ったとしても、月に十日程、盗み働きをすれば、かなりの額である。食い逃げと同程度に扱って、捨て置く輩ではない。

　だが、これまで嵐山は、〝三毛吉〟を見かけたとしても、追い詰めることはなかった。心の奥底では、

――盗まれた方はもっと阿漕なことをしている。これくらいいいじゃないか。

という思いが、心の片隅にあるからだ。

しかも、元は大工の智蔵の下で働いていた若い大工崩れだということを、嵐山は知っていた。どこまで信憑性のある話かは分からないが、智蔵も盗みに関わっているという噂もかねがねあった。

つまり、商家や武家屋敷に出入りすることが多い智蔵が、その間取りや蔵の鍵の場所や、内部の様子などを〝三毛吉〟に教えて、盗みやすいようにしているというのだ。

だが、それもあくまでも噂に過ぎない。それでも猫好きの嵐山は、なんとなく捕まえたくない気持ちだったのである。

さて――

盗っ人の〝三毛吉〟が思わず逃げ込んだ武家屋敷は、さほど大きくなく、幕府勘定方の与力の屋敷であった。勘定奉行の配下で、江戸城中の上勘定所か下勘定所に詰めて、事務仕事をする者である。

この役人のうち、何人かは勘定奉行所、つまり勘定奉行の役宅に出向いて、執務をすることがある。その際は、勘定奉行の家臣たちとは違い、幕府からの出向役人という扱いだから、立場上は格上である。しかし、勘定奉行直属の家臣に対して、出向役人の方は、なんとなく遠慮があった。

　この出向役人のひとりが佐伯辰之助といって、〝三毛吉〟が逃げ込んだ屋敷の主である。まもなく五十くらいの初老の武士だが、定年を控えて何やら下手を踏んで、勘定奉行から蟄居を食らっていた。

　蟄居とは単に表に出てはいけないということではなく、自宅を牢部屋として、軟禁状態にされているのと同じである。

　そのせいか、深閑としていて、人の気配はまったくなかった。雨戸もすべて閉じてあり、母屋の中に入ることはできそうもない。しかし、風は冷たく、外にいれば凍えそうな夜である。

　〝三毛吉〟は勝手口に廻ると、得意の鉤棒で扉をずらして、音もなく開けた。まさに、猫の爪のような、器用に動く鉤である。

　そっと忍び足で入った〝三毛吉〟は、真っ暗だったが、これまた猫のように闇の中を、そこそこ見ることができる。さらに奥に向かって、やはり猫のように差し足で音もなく進んでいると、何処かから南無阿弥陀仏と唱える声が聞こえてきた。

廊下の奥の仏間に、屋敷の主がいて、静かに読経している様子が分かった。そっと〝三毛吉〟が近づいていくと、急に無言になった。

障子戸の外にしゃがんで、そっと隙間を開けて中を見ると――

仏壇の前に白装束の侍が正座しており、脇差しをおもむろに抜いていた。無言のまま装束をはだけて、腹の上に脇差しの切っ先をあてがった。その瞬間、

「やめろ！　死んじゃいけねえ！」

と〝三毛吉〟は部屋に飛び込んだ。

相手の武家、佐伯は吃驚して腰を抜かしそうになり、手にしていた脇差しを落として、膝頭を少し切った。

「あたた……いてて……」

仰向けに倒れそうになった佐伯を、素早く近づいた〝三毛吉〟が支えて、

「何があったか知らないが、死んで花実（はなみ）が咲くものか。死んではいけませんよ、旦那」

と必死に止めた。

「な、何者だ……おまえは……」

「通りすがりの者です。どうか、落ち着いて下さいまし」

「屋敷の中に入ってるくせに、通りすがりも何もあるものか」

「いえ、本当に通りすがりなんです。ていうか、追われて逃げ込んだだけですけどね」

「な、なんだ……」

仏壇の前には小さな蠟燭が灯っており、その灯りに浮かんだ〝三毛吉〟の顔は、頰被りをしているが、鼻の頭を黒く塗り、髭のように頰に数本、墨で線を引いている。まさに猫に成りきっているのだ。

「おい……頭は大丈夫か……」

佐伯が訊くと、〝三毛吉〟はすぐに返した。

「それは、こっちの科白ですよ。何があったか存じ上げませんが、死のうなんて方が頭がどうかしてやすぜ」

その〝三毛吉〟の顔を見て、佐伯は盗っ人だと察したのか、

「……かもしれぬが、残念ながら、ここには何もないぞ。鐚一文ない。いや、三途の川の渡し賃として、六文銭だけ、その仏壇に置いてある。持っていけ」

と言った。

すると、〝三毛吉〟は深々と頭を下げて、

「切腹をなさろうって御方が、人に情けをかけるとは、只のお人ではありませんね。鐚一文もないのなら、どうぞ、これで……」

と懐から、紙で包んでいた小判を五枚差し出して、仏壇の前に置いた。その包み紙はきれいに畳んで、自分の懐に仕舞った。盗っ人らしくない、几帳面さだった。

「訳は知りませんが、よほどの事情がおありなのでしょう。かようなお武家様に足りないことは重々承知ですが、何かの足しにして下せえ……死ぬのは、この金がなくなってからでも、宜しいんじゃございやせんか」

「──妙な泥棒だな……」

「へい。〝三毛吉〟と申しやす」

「三毛猫、のつもりか」

「はい。本当は、峰吉(みねきち)ってんですが、もじって〝三毛吉〟って……あ、本名を言ってしまった。ここだけの話でお願いしやす」

「いやいや、情けは無用……」

「遠慮なさらずに、どうせ盗んできた金でございやす」

「なんだと。ならば、尚更、受け取れぬ。私はこれでも、公儀勘定所与力の佐伯辰之助という者。不浄の金など……ああ、汚らわしい。持って帰るがよい」

「いいえ、置いていきます」

「ならぬ。持って出ていくがよい。私に構うでない」

「いえ、お返しするだけでございます」

「なんだと？　どういう意味だ」

「今、旦那は勘定所与力とおっしゃいましたね」

「ああ。しかも吟味方だ」

「じゃ、尚更です。この五両は実は、大きい声では言えませんが、勘定奉行所の公事方屋敷から頂いて参りました」

「な……なんだと……まことか」

「はい。今、改築中ですよね。ですから、見張りもいないし、ちょいと」

「お、おまえっていう奴は……一体、何者なのだ……」

佐伯は思わず手を伸ばして、〝三毛吉〟こと峰吉の頬被りを取ろうとしたが、今度は前のめりによろっと倒れてしまった。

「旦那。その様子じゃ、しばらく何も食ってやせんね」

「な、なぜ分かるのだ……」

「腹が減って動けない奴は、何人も見てきやしたから」

「……」

「それじゃ、切腹しようにも力が入らないでしょ。俺に任せて下せえ。これでも大工の前は板前の修業をしてたんでさ」

また腹を切らないようにと、峰吉は脇差しを取り上げ、あちこちの部屋の行灯や蠟燭に火をともしはじめた。暗いと気分が塞いで、またぞろ佐伯が死にたくなったら困るからである。

厨房にはろくに食う物がなかったが、酒が少しあるし、腐りかかった菜の物や魚の粕漬けなどもあったので、すぐに飯を炊いて、残っていた味噌で汁物も作り始めた。

　そんな様子を見ていて、佐伯は「本当に妙な奴だ」と呟いた。

「旦那……中間のひとりもいなかったでやすねえ……奥方やお子さんは……」

「女房にはもう十年も前に先立たれた。私が用事で関八州のあちこちに出張っていた最中だった……子には恵まれなかったので、親戚の娘を養女に迎えたが……」

「亡くなったんですか……」

「嫁に行った」

「あ、それは失礼なことを言いました」

「いや。だが亡くなったも同然だ。遠い国へ行って、一度も帰ってきたことがない」

「それは寂しゅうございますね。それで、切腹をして、奥方が待っているあの世に行こうと思ったのですね」

「勝手に決めるな……」

　佐伯はどこか峰吉のことが憎めず、くすりと笑った。ほんの少しだが、和やかな雰囲気が漂ってきた。

「それより、おまえはなぜ、盗みなどをしているのだ。大工や板前の修業をしていたと言っていたが」

「ま、いずれも性に合ってなかったのでしょう」

「かといって盗みはいかんだろう」

「へえ。でも、あっしは別にてめえが稼ぎたくて盗んでいるわけじゃなくて、可哀想な人を見たら恵んでやりたい一心で、金のある所から、ない所へ運んでるだけで」

「それでも正当化はできぬ」

「承知してやす。でも、今回はどうしても、幾ばくかの金が……」

竈に火を起こして米を炊き、包丁を振るいながら、峰吉は事情を話した。

「実は……俺が昔、世話になった大工の棟梁が死んだのです。智蔵って人ですがね、酒に酔っててめえで転んだんだか、誰かに突き飛ばされたかで、死んじまったんでさ」

「可哀想に……でも、突き飛ばされたのなら、殺しではないか」

「ですよね……でも、もっと可哀想なのは、残された女房と五人の子供たちでね……だから俺はしばらく暮らせるくらいの金を、香典代わりにと……」

「まあ、同情はするが、やはり盗みは人の道を外れておるから、よくない」

優しく諭すように佐伯は言って、奥の部屋に戻った。

「へえ……」

峰吉はやるせない気持ちになって、それでもせっせと食事を作った。炊きたてのご飯に、味噌汁、焼いた粕漬けの魚に香の物などを膳に整えて、奥座敷に運んだ。

「どうぞ、旦那……腹の足しになれば、いいんでやすが」

恐縮したように膳を差し出すと、佐伯の方も袱紗(ふくさ)に包んだものを見せて、

「これを持っていけ」

「は……?」

「封印小判だ。二十五両ある。五人も子供がいれば、母親もろくに働くことはできまい。当座だが充分であろう」

「だ……旦那。これはいけやせんやッ」

「なんの遠慮があるものか」

「いえいえ……こんな大金、とんでもねえ」

「盗みをするくせに、貰うのは駄目なのか。変な奴だ」

「いいえ。盗みはちゃんと、てめえで働いて盗むんだから、まあ、いいでしょ。何もしてねえのに、そんな大金……」

「では、この飯を作ってくれた礼ということだ。いや、その前に切腹を止めてくれた。おまえは命の恩人だ。それならよかろう」

佐伯は峰吉の懐に封印小判を、半ば無理矢理に押し込むと、膳の前に座って箸を取った。そして、味噌汁のお椀を手に取ると、

「――ありがたいことだ……まこと、ありがたいことだ……」

とズズッと一口啜った。

途端、「べえっ！　なんだこりゃ」と思わず吐き出した。

「大丈夫ですか、旦那」

「な、なんだ。この、くそ不味い味噌汁は。猫の糞でも混じってるのかッ」

「あ、いや……納豆があったもので、それを混ぜはしましたが……」

「ペッペッ。こんな不味い物食ったことがない。死んだ方がマシだッ」

と苦々しい顔で言ってから、佐伯はなぜか可笑しくなってきて、ふふふ、ははは

と笑い始めた。それにつられて、峰吉も愛想笑いをしていたが、佐伯は大笑いになって、

「これでは、到底、板前は無理だな。あはは。別の仕事を探せ、あははは」

さっきまでの陰鬱な気持ちが嘘のように、ふたりして大笑いになった。死神はすっかり消えていた。

四

翌朝、智蔵の女房・お浜は目が醒めると、一番小さな子供のお咲が、チャラチャラと何かを放って遊んでいるのに気づいた。ふたつ上の四歳の万三は、何かをメンコのように板間に叩きつけている。

その大きな音に、お浜が布団から起き上がると、子供たちが投げて遊んでいるのは、黄金色の小判だった。

「——なんだい、これは……」

「さあ。起きたら、そこん所にあった」

万三が上がり框の所を指した。そこには袱紗もあったが、お浜は小判なんぞというのを見たこともないから、鉄でできたメンコだと思い込んでいた。

「そうかい……誰が置いたんだろうねえ……当たると痛そうだから、人に向けて投げるんじゃないよ、いいね」

お浜が注意すると、万三とよちよち歩きのお咲は小判を数枚手にして、表に出て井戸端の方で遊び始めた。

「ああ、疲れた……もう明るいってのに……」

亭主に死なれ、葬儀を済ませたものの、身も心もくたくたになって、お浜はすっかり気分が滅入っていた。それでも、五人の子供を食わせなければならないから、長屋の大家がやっている飯屋で働かせて貰うことになっている。

料理は得意だったから、朝から仕込みの手伝いに出かけ、客を相手の女中仕事もしていくことになっていた。まだ一日しか働いていないが、慣れないことなので、体がずっしりと重い。

子供は一番上の男子でもまだ十歳だ。奉公に出すにはまだ小さい。それから下に向かって二歳ずつ離れている。まだまだ手がかかるから、飯屋の女中だけでは暮らせまい。

「——はあ……」

深い溜息をついたとき、「宜しいでしょうか」と表から女の声がかかった。

「あ、はい……」

お浜は小判を袱紗に包んで片付け、表戸を開けると、錦が立っていた。すぐに、お浜も分かったようで、

「この前の……」

「はい。番所医の八田錦という者です。大変な折りに申し訳ありませんが、改めて訊きたいことがあるのですが、宜しいですか」

「え、ええ……でも、仕事に行かなければならないので……」

「はい。手短に済ませます」

「なんでしょうか」

錦は、検屍をしたときの様子を改めて伝えた。首の骨の第三頸椎を激しく損傷し、頭蓋骨の側面も破損していたと伝えた。

「智蔵親方は、体も関取のように大きいし、喧嘩も強かったとか。普請中の家の屋

根の上から落ちても怪我ひとつしなかったと、大工仲間から聞きました」

お浜は辛そうに聞いていたが、生前の姿が蘇ったのか、泣き出しそうになった。

「ええ、そうです……鉄の棒で殴っても死なないと、よく言われてました」

釈然としない様子のお浜だが、錦は丁寧に智蔵の検分をした見解を述べてから、

「残酷な報せかもしれませんが……智蔵さんは何者かに殺された疑いがあります」

「え……ええ⁉」

お浜としては、自分の亭主の死を受け容れがたく、誰かを恨むことでしか気分が整理できないだけのことだった。だが、現実に、

——殺された。

となれば、意味合いが変わってくる。お浜の胸は締めつけられた。

「たしかに、お酒を随分と召し上がっていたようなのですが、相手は非力な人たちです。とても、智蔵親分に敵う相手ではありませんからね」

「えっ⁉——亭主を殺した奴が見つかったんですか」

錦は気を落ち着かせるように、

「ごめんなさいね。まだ、はっきり誰とは言えません。でもね、今のところ、町方

で上がっているのは、智蔵さんから比べれば、子供のような相手とだけ言っておきます」

「で……で、誰なんですか、それは……」

震えながら訊くお浜に、錦は声を低めた。まだ他の子供が寝ているからである。

「誰であるかは、今、定町廻りの佐々木様たちが鋭意、探索しております……私が訊きたいのは、普段、誰かに恨まれていなかったかということと、此度の普請場ではどうして泊まりがけになったか……それを知らないかと思いましてね」

「——仕事の話はあまりしなかったので、よく分かりません……」

「同じことを、佐々木様か岡っ引が訊きにくるかもしれません。でも、私が知りたいのは、なぜ、あんなに浴びるほど飲んでいたのか……ということです」

「ですから、前にも言ったように、酒は飲んでも飲まれる人ではなく、いつも陽気なお酒でした……自分の嫌なことを忘れるためとか、人の悪口を言ったり、大虎になることなんか一度もなかった……」

「そうですか。残酷な言い方でごめんなさいね……智蔵親方は、最初はおそらく、誰かに押されて倒れたと思うんです……でも、その時に打ったたんこぶは、頭の上の方にひとつできてました」

「……」

「その後に、誰かが来て、もっと酷い仕打ちをして、首の骨と頭蓋骨のここを棒か何かで叩かれて、そのまま倒されたのです。松の木に当たった程度では説明のつかない大怪我なんです」

お浜は恐そうに聞いていたが、錦は同情しながらも真実を知りたい一心で、訊き続けた。番所医は時に探索にも関わるからだ。

「近頃、誰かと揉めていたとか、因縁を付けられていたとか、ありませんか」

「ないと思います……もし、あったとしても、自分で解決する人だと思います」

「自分で解決する……」

「はい。とにかく、竹を割ったようなまっすぐな気質ですから、曲がったことが大嫌いなんです。いつも、こんなことを言ってました……『木ってのは干せば曲がるもんだから、柱や梁にする前に、まっすぐにしてやるんだ。人も同じだぜ』って

……」

「……」

「干したら曲がる。だから、どんなにダメな奴でも仕事を干したらだめで、みんなで温かく面倒みてやろうじゃないかって、誰にでも優しい人でしたよ……だから恨まれるなんてことは、ううっ……」

お浜はまた思い出したように嗚咽した。

その時——表で、「危ない！　危ない！」と長屋のおかみさん連中が悲鳴のような声を上げた。すぐに表に飛び出した錦とお浜が見たのは、今にも井戸から落ちそうな万三の姿だった。

だが、その直前に長屋のおかみさんが抱きついて助けた。

「何をしているの、万三！」

思わず声をあげて近づいたお浜に、万三は驚きながらも、井戸を指して、

「落としちゃったんだよ、これ。ポチャンって落ちちゃったんだよ」

と小判を見せた。

「だから、そんなもので遊ばないで、さあ、中に入ってなさい。お咲もさあ……」

お浜は手を引いて、子供らを部屋に引っ張り込んだ。

助けてくれたおかみさんも、小判は見たことがないのか、地面に落ちているのを

拾って、「ほら、忘れもんだよ、万三ちゃん」と手渡そうとした。それを錦が横合いから受け取って、中に入った。

「——お浜さん……これは、どうしたのですか……？」

「えっ……ああ……誰が置いたのか分からないけれど、朝起きたら、そこに……」

上がり框を指してから、片付けていた袱紗を持ってきて、錦に見せた。

「これは……小判じゃないですか」

錦は驚いて掲げた。

「え？　まさか……どうせ玩具でしょ」

「いいえ。本物です。ちゃんと金座後藤家の刻印もありますし……」

重量や厚み、形状などからしても本物だと、錦は伝えた。そして、袱紗に残っていた封印用の包み紙を見ると、そこには——『公儀御勘定方』とある。まさしく、勘定奉行役人が管理所有している小判の証である。

「う、嘘でしょ……そんな大それたもの、うちになんか……」

訳が分からず、恐れおののいたお浜だが、

「あっ、もしかして、これは！」

と何かを思い出した。

「実は、亭主が亡くなってすぐ、神崎という公事師が来て、亭主をこんな目に遭わせた奴から、慰謝料を取ってきてやると言われたんです……もしかして、そのお金……？」

お浜はそう言ったものの、確信のある話ではないと言い訳をした。

「これ、少しの間、預かっていいですか。悪いようにはしませんから」

錦は、封印紙とともに、金を袱紗に包むと、お浜から聞いた神崎のもとに急いだ。元南町同心の腕利きの公事師だという噂は聞いたことがあるからだ。もっとも腕がよいとは、

——因縁をつけて、多額の金をせしめる。

という意味合いである。

何より、智蔵の死については、まだ北町奉行所でも探索中である。にも拘わらず、慰謝料の話が出てくるのは、どう考えても胡散臭い。事件に首を突っ込んで、示談金をせしめる公事師は多いことも錦は承知しているが、元は吟味方同心ならば、尚更、裏に何かがある気がしてきた。

五

公事宿は、訴訟で江戸に来た者を、宿泊させる宿である。

ここでは、訴状の代筆や手続の代理をしたり、訴訟相手への差紙を送ったりする。奉行所のお白洲には、宿主や手代が随伴した。

この宿の主が公事師を名乗ることもあったが、本来は、いわば個人で請け負っている者が公事師であり、神崎弥八郎もそうだった。

公事宿は馬喰町に多かったが、公事方勘定奉行所との関係から、神田や日本橋などに構えている者もいた。神崎の屋敷も日本橋蛎殻町（かきがらちょう）の一角にあった。

錦が訪ねて来たときも、神崎の屋敷には何人もの訴人が来ていた。公事師として繁盛している証であろう。〝店先〟に立った錦の姿を見て、神崎はすぐに、

「――ああ、北町の番所医さん……」

と声をかけた。

顔見知りではないので、錦は不思議がったが、神崎の方は下にも置かぬ態度で、

屋敷の奥まで招いた。

「お初にお目にかかります」

錦がわざと初対面だということを強調すると、神崎は手代に訴人らを任せて、さらに奥の部屋に招いた。公事師は、訴人たちがそれぞれの事情を抱えているので、お互いの話が人には洩れぬよう配慮しているのだ。

「別嬪さんという噂ですからね、私の方はよく知ってます。いやあ、北町奉行所が羨ましい。もし、南町があの〝がはは先生〟でなく、あなたであったのなら、辞めなかったかもしれぬなあ。あはは」

「軽口はそれくらいにして、本題に入らせて頂きます」

「――噂どおり、遊びのない女医者だねえ」

神崎は嫌らしい目つきで、舐めるように錦の姿を眺めてから、

「ついでに、診て貰いたいところがあります。近頃、あっちの方がとんとね……」

と、わざと自分の股間当たりを触れた。

「あなたのような下劣な御方が、吟味方同心だったというのは論外ですが、公事師をしているのも不思議です」

「まあまあ、そう尖らずに……」

箱火鉢の前に座った神崎は、煙管に煙草の葉を詰めて、炭火で吸い付けた。

「で……ご用件とは、一体なんですかな」

「大工棟梁の智蔵さんのことです」

「ああ……もしかして、佐々木にでも頼まれましたかな」

北町同心の佐々木康之助のことは当然、知っているだろうが、すぐに名が出たということは、今般の智蔵の探索をしているのも承知の上の反応であろう。

「このお金は、あなたが差し上げたものですか？」

と錦は袱紗を出して広げて見せた。

神崎はチラリと見たが、さほど興味もなさそうに、

「なんですか、その金は。私は誰にも何も、小判なんぞ、やってないけどね」

「そうですか……でも、智蔵のおかみさんに、慰謝料をふんだくってきてやると、言ったそうですね。そのお金ではないのですか」

「違うな」

「二十五両もあるのです。しかも、勘定方の封印がありました」

「えっ……」

ほんのわずかだが、神崎は目を細めて、煙を吹き出した。錦には、明らかに何か知っているというようにしか見えなかった。

「このような封印小判、めったな人が扱えるわけがありません。でも、神崎様なら無理ではないかもと思いましてね……よくご覧下さい。本当に知らないのですか」

「知らぬな」

神崎はキッパリと否定して、

「それに、私はまだ先方から金を受け取っていない。そこから、少しばかり手数料を頂いて、お浜に渡す段取りはつけているが、相手があることだから、さて、いつになることやら」

「相手は誰なのですか」

「それは、いくら美人の番所医先生だとはいえ、言うことはできぬ。相手や依頼主との信頼に関わることだからな」

「――そうですか……的外れの人に、迷惑がかかってなければいいのですがね」

曰くありげに錦が言うと、神崎は「どういうことだ」と見据えた。公事師が恫喝する相手などを見るときによくやる目つきだ。

「神崎様は、吟味方でしたから、やはり吟味には詳しいと思います。私は門外漢なので、あれこれ穿鑿をするわけではありませんが、疑問があれば、解決しないと気が落ち着かない気質なんですよ」

「まあ、それは私も同じだ」

「ですよね。だったら、教えて下さい。ただ興味本位で訊いているのではないのです。本当の下手人を探したいだけなんです。智蔵棟梁を殺しましたね」

「殺しの下手人……」

神崎は煙管を吹かしたて、その煙の行方を追うように眺めていた。

「私も、検屍に立ち合ったのですけれど、智蔵さんが松の木にぶつかって倒れたのは間違いないと思います。ですが、その後に、智蔵さんは別の奴に、鉄棒か何かで殴打されて、首の骨と頭蓋骨を割られて殺されているのです」

「……」

「あなたは、その相手……つまり殺しの下手人と慰謝料の話を交渉中ということですか……それは随分とまずいことをしてますね」

錦は畳み込むように問いかけた。

「もし、そうならば、神崎さんは、下手人を承知の上で、町奉行所に届けもせず、金を要求するという裏取引をしていることになりはしませんか。元吟味方同心として、由々しきことかと思いますが」

「……」

「公事師の鑑札も取り上げられますよ」

しばらく黙っていた神崎だが、苦笑を浮かべると、

「——言いますなあ。さすが、噂どおりの男勝りな〝はちきん先生〟……」

「ちゃんと答えて下さい」

錦が迫ると、神崎はトンと煙管を叩いて、灰を箱火鉢に落とした。

「先生が言うとおり、他に下手人がいたとしてだ……その前に、突き飛ばした奴がいたとしたら、そいつが殺してないとしても、次なる殺しの原因を作ったということで、相応の負担は求められるべきだ」

「それは、考え方によります」

「だが、そこに智蔵が倒れていなければ、次に来た者が、財布を盗んだり、それで

揉めて争ったりはしなかったのではないか」

「殺しの因果とは関わりありませんね。それに、智蔵さんは財布は取られていませんし、激しく争った形跡もありません」

「つまり？」

「二度目の人たちは、殺すのが目的だったということです」

「人たち……」

「はい。ハッキリと複数の足跡が残されております。その日は、土手の泥もたっぷりと湿っていたようで」

「なるほど……先生は医者をやるより、探索方でもやった方がいいのではないかな」

と言いながら立ち上がり、

「よかろう……そいつに罪があるかないか、篤と見識を聞かせて貰おうではないか。ついて来るがよい」

と神崎が屋敷から出ていくのを、錦も追うのであった。

訪ねてきたのは、『大坂屋』である。店の表戸は閉められたままだった。

潜り戸をドンドンと叩いたが、誰も出てこない。それでも神崎は、さらに叩き続けながら、忌々しい顔つきになって、

「まさか。約束を反故にして、逃げ出したのではあるまいな」

まるで蹴破るようにした時、潜り戸の覗き窓が開いて、伊兵衛が顔を出した。

「これは神崎様……」

すぐに潜り戸を開けた。店の中には、手代らは誰もおらず、伊兵衛だけだった。主人の徳左衛門は、神崎が訪ねて来て「千両」を要求したその夜に、俄に心臓発作が起こって死んだという。

「えっ……」

さすがに神崎も驚いて、言葉にならなかった。

「元々、体は弱かったですからね、あんなふうに追い立てられるように言われると、胸が痛くなるんです」

「……」

「亡骸は、まだ奥の部屋にあります。近くの町医者が看取ってくれました。線香のひとつでも上げて下さいますか」

神崎は躊躇った。昨日の今日のことで、困惑していた。

だが、錦はすぐに名乗って、奥座敷まで行って、まるで検屍をするように亡骸を改めた。発作独特の顔つきや血管が破裂したときのような様子などが見られた。

「もしかして、てんかんのような症状もありましたか。普段から呼吸に乱れとかも」

錦が訊くと、伊兵衛はそうだと言った。

「智蔵という棟梁が亡くなったのも気の毒ですが、あのままだと、主人の発作が起こるのではないかと、ドキドキしてました」

その時の状況を、伊兵衛は説明した。

「それで、番頭さんたちはその場から、立ち去ったというわけですね」

「あ、はい……」

実は既に、佐々木たちは、徳左衛門と伊兵衛がその道を通ったということを、調べ出していたが、そこまで関わっていたとまでは分かっていなかった。

「なのに、神崎さん……どうして、あなたは、この徳左衛門さんたちが、智蔵さんを突き倒したと知ったのですか」

俄に目つきが変わった錦は、きつい声で問いかけた。

「見た者がいるのだ。渡し船の船頭が……」

「船頭が見たのは、別の人間たちです。ええ、佐々木様らが、改めて確認をしてますよ」

「そんなはずは……」

「私の検屍では、頭にたんこぶができた刻限と、首の骨が折れた刻限は少なくとも一刻は違います。ええ、分かるんです。血の固まり具合で……そのことを佐々木様に話したら、人が争う声がしたのは、首の骨が折れたくらいの刻限だと分かったのです」

「……」

「つまり、あなたはわざわざ、その船頭の見た刻限を、一刻程早めて、徳左衛門さんたちが通った頃と言い伝えた」

「……」

「お答え下さいますか。それに、あなたが、徳左衛門さんが心の臓が悪いと知ってて、千両もの慰謝料を吹っかけたとなれば……相手を傷つけるために、わざとやったと判断されますよ」

「……」

「北町の遠山様なら、そう責めると思います」

「――知らぬ。ここの主人がそんな病だとは……知らなかったことだ」

神崎は自分のせいではないと、首を横に振った。

「でも……ちょっと調べれば、分かることかもしれません」

と伊兵衛は言った。

この界隈では、徳左衛門は体が弱いということは知られていたし、よく町医者にも診に来て貰っていたという。だが、神崎はあくまでも自分のせいではないと主張し、

「それに、なんだ、この店は。主人が死んだというのに、手代ひとりいないではないか。日頃から、大事にされてなかった証だ」

と言いがかりのように付け足した。

「実は……この店はもう、この暮れに畳むつもりでおりました……主人の体が弱いのもありましたが、こういう景気ですからね。大きなお店には負けてしまいます」

「だが、俺が訪ねてきたときには客がけっこういたではないか」

「ええ。最後の処分市みたいなものです。そこへ、神崎様が来ましたから……ご覧のとおり、みんな帰ってしまって売れ残りです。もっとも、だからって何も変わることはありませんがね……とにかく未払いの所には、ぜんぶ始末をつけてから、店を閉めるつもりでした」

「……」

「ですから、智蔵さんに渡すお金も、千両……そんなのは到底、無理ですが、主人はなんとかして、百両は渡すつもりで、ええ……残しておりました」

「そうなのか」

「はい。謝りにも行くと話していたのですが、それも叶わず……後で私が事情を話して、お届けするつもりでした」

そこまで伊兵衛が辛そうに話したとき、錦が口を挟んだ。

「見舞金くらいならともかく、そんなに払う必要はありませんよ。だって、死んだ原因はあなたたちではなく、他にいますから。これは、明らかに殺しですから」

「えっ……！」

伊兵衛は吃驚したが、錦は医者らしく淡々と、徳左衛門の亡骸の顔を見ながら、

「調べれば分かることですが、その場に残されていた草履の裏の痕は、おふたりのものではないでしょう……この仇討ちは私がして差し上げます」

と言ってから、神崎を見上げた。

「あなたも本当は知っているのでございましょ。本当の下手人を」

「……」

「だからこそ、わざわざ徳左衛門さんたちが、やったことにしたかったのではありませんか。ねえ、神崎さん」

「──知らぬッ。女だからと甘い顔をしていたが、出鱈目も大概にしろ。こっちは、憐れにも残された親子のために、親切心で動いていたまでだ」

神崎はしだいに興奮気味になって、

「伊兵衛。その百両はもういらぬ。それで徳左衛門を供養してやれ。渡しておいた約定書も破っておけ」

と吐き捨てて、逃げるように立ち去った。

伊兵衛はその場に崩れて、徳左衛門の前で項垂れ、情けない声で泣き始めた。

六

佐伯の屋敷の門前に押しかけてきている佐々木と嵐山は、

「どうか、盗っ人の〝三毛吉〟を差し出して下さい」

と頼んでいた。

頼む割には、佐々木はいつものように横柄だった。定町廻り同心とは、概ねこんなものだと、佐伯は分かっているからか、さして不愉快な顔もせずに、

「盗っ人なんぞ入ってきておらぬ」

と追い返そうとした。

だが、嵐山はしつこく食い下がった。この屋敷に追い込んだのは、目にしていたし、夜は煌々と灯りがついていた。そして、今朝方も〝三毛吉〟が出入りするのをチラッと見かけたからである。

まるで、盗っ人を住まわせているような言い草に、佐伯は「おらぬと言ったらおらぬ」と断言した。

「ですがね、佐伯様……」

佐々木も、心の奥に何か秘めているような言い草で、

「そいつは、殺された智蔵という大工棟梁の事件と関わっているかもしれないんです」

と詰め寄った。

「大工棟梁の智蔵……」

峰吉が話していた棟梁の名を、佐伯は思い出したが、それでも知らぬ顔をした。命の恩人を売るわけにはいかないからである。しかも、到底、悪人には見えない。もし、何か裏があるなら、自分も勘定奉行所公事方与力として、調べてみるまでだと思った。

「佐伯様には釈迦に説法ですが、勘定奉行所には、勝手方と公事方がございますね。勘定奉行所は天領で起こる事件の取り調べや裁決をしますが、ここは江戸でございます。しかも、盗っ人は町人でございますから、どうか……」

「何度も言わせるな。屋敷には誰もおらぬ。私は蟄居の身の上だ。それほど言うならば、勘定奉行に訴えてから調べにくるがよい」

「はい。それがですね……」

佐々木は勿体つけたように声を顰め、

「そいつは、佐伯様の勤めていた勘定奉行所の公事屋敷から、金を盗んだ節がありやす」

「――だとしても、私にはもう関わりがない。繰り返し言うが、蟄居の身だ」

「蟄居になった理由も承知しております。天領のとある庄屋から出された訴状を紛失した上に、その訴訟の費用まで横領した……らしいですな。ちゃんと調べてます」

「……」

「そんな御方が、盗っ人まで匿うとなれば、もっと酷い目に遭いますよ。お役御免どころか、御家断絶……」

「おぬしに案じられるまでもない。御家が潰れても、女房もいなければ子もおらぬ。奉公人もいないから、我が身ひとつ滅びれば済む話だ。誰にも迷惑をかけぬ」

「いえ、それが……」

佐々木はさらに含みのある言い草で、

「ご存知かどうか……殺された智蔵は、勘定奉行所の公事屋敷を改築していた大工たちの棟梁なんです」

と話すと、さすがに佐伯の顔色がサッと変わった。

「どういうことだ」

「詳しくは、町方ふぜいには分かりませんよ。ですがね、棟梁は死んでしまった。だが、その棟梁が関わっていた公事屋敷から金を盗んだ〝三毛吉〟は、何か知っている……と思うんですよ」

「どうして、そう思う」

「だって、〝三毛吉〟ってのは、悪いことをしている武家とか、えげつない遣り口で儲けている商人だけを狙っているんですぜ」

「……」

「つまり公事屋敷で悪事か、不正が行われているに違いない。それを、〝三毛吉〟から聞き出したいんでさ」

佐々木のもっともらしい言い分に、思わず佐伯は何か言い返そうとしたが、腹を読めぬ相手である。即答するのはやめて、

「だったら尚更、勘定奉行に話をしてみるのだな。おまえたちが、そこまで調べているということは、遠山様はもっと深い何かを探索しているということであろう」

と探りを入れるように言った。

「むろん、もし勘定奉行所の公事屋敷で、何か不正が行われているのであれば、私も手を貸すのはやぶさかではない」

「といいますと……」

「この私も罠に嵌められたに違いないからだ。訴状を紛失したり、金を着服した事実はない。だが、この有り様だ。色々と調べて、私の身の潔白も証して欲しいくらいだ」

「――そうなんでやすか……？」

「宜しく頼んだぞ。御免」

佐伯は背中を向けて、門を閉めた。

奥座敷に戻った佐伯は、少し苛ついたように床を蹴ってから、溜息をついた。

手持ち無沙汰そうに書見台の前に座ったり、仏間で線香を上げたりしていたが、俄に不安が込み上げたように、箪笥から家紋入りの継裃を取り出して着ようとした。

すると、ガタッと物音がしたので、振り返ってみると、廊下の片隅に、峰吉が正座をしていた。その姿を見て、

「おまえ……また来たのか……町方がこの屋敷を怪しんでおるぞ」

「旦那様に頂いた封印小判は、ちゃんと女房と子供の所に届けやしたが……今、そこで佐々木の旦那や嵐山親分と話していたのを、聞いちまいやした」

「――おまえには関わりない」

「いえ。そうかもしれやせんが、公事屋敷から盗んだのは、ご存知のとおりです」

「だから、なんだというのだ。何故、舞い戻ってきた。おまえの不味い飯など、二度と食いたいとは思わぬ」

「そりゃ、そうでしょうけど、またぞろ悪い気を起こして、切腹されたら困りますのでね……ほら、裃なんぞ出して」

「切腹の時にこれは着たりせぬ」

「では、何か覚悟をしてお出かけですか。なら、お供いたします」

真剣なまなざしで見上げる峰吉を、佐伯は不思議そうな顔で見下ろした。

「本当に変な奴だな。おまえを中間に雇った覚えはないぞ」

「では、押しかけ女房ならぬ、押しかけ中間ってのは如何でしょう。何処でも入り込むのは、俺の十八番ですしね」

「まったく……」

「もしかして、これと関わりがありやすか？」

峰吉は折り畳んでいる一枚の紙を差し出した。公事屋敷から盗んできた五両を包んでいた紙で、佐伯家の仏壇に置いた後に、丁寧に包んで懐に仕舞ったものだ。

「捨てようと思ってたんですが、何となく見てみたら……」

「なんだ」

「私も文字くらいは読めますのでね……ここには、『天領年貢上納金始末』と書かれてあって、何処かの村名と数字が色々と記されてますよね」

サッと紙を取り上げた佐伯は、目を見開いて、

「これは何処で……」

「ですから、公事屋敷で金を盗んだときに、側にあった冊子を適当に破って……」

「だから、公事屋敷の何処でと聞いておるのだ」

「何処って、金を置いてあった所です……といっても、蔵とかじゃありません。猫

か鼠しか入らないような狭い部屋です」

「狭い部屋……」

「ああいうのを、隠し部屋っててんでしょうね」

佐伯の目が闇夜の蠟燭のように揺らめいた。

「そういや、実は……死んだ智蔵棟梁がちょこっと話してやしたが、雇い主と揉めたのは、その隠し蔵についてですよ。へえ、俺は、酒を飲んだときに聞いたんですよ。珍しく愚痴ってね」

「もしかして、改築して隠し蔵を作っていたのは、智蔵か」

「ええ、お察しのとおりで……隠し部屋とか、床と天井がひっくり返るカラクリなんてのは、盗っ人避けや火事なんかの時に、大事な物を隠すために、時には作るもんです。ええ、俺も少しは大工をしてたもんで……」

「その話はいい。で、智蔵がなんと？」

「自分は人に言えないようなものを隠すための仕掛けはしないと、反発したんです」

「人に言ったら、隠し部屋にならぬではないか」

「ええ、ですから、棟梁はまっすぐな気質なんで、隠し事が嫌いでしてね。建物に余計な仕掛けをしたら、地震なんかで壊れ易くなることもある。材木と材木が相性良く絡み合うことで、建物は〝長生き〟しやすからね。だから、余計なことはしたくないんでさ」

「大工は性に合わないと辞めたくせに、随分と語るな」

「へへ、それは言いっこなしで……」

峰吉は照れ笑いしてから、

「だから、旦那。もしかしたら、棟梁はそのことで殺されたんじゃないかと、不安になってきやしてね……」

「どうして、そう思う」

「だって、あの棟梁が、そんなに嫌がったのですから、きっと何か大揉めに揉めたんですよ、雇い主と」

断言するように言った峰吉に、佐伯も「さもありなん」と頷いて、すぐそのまま裃に着替え始めた。

「旦那……？」

「その雇い主とやらに会いにいく」

「誰です、それは……」

「いいから、私について来い。今日から、うちの中間にしてやる」

「え？」

「おまえから押しかけてきたのではないのか。だから雇ってやる。ただし、飯は作らなくてよい。そしてだな……〝三毛吉〟は二度と、何処にも出没してはならぬ」

笑いかけると、峰吉もハハアと嬉しそうに手をついて頭を下げた。

佐伯辰之助主従が向かったのは、勘定奉行・本多左近将監の屋敷であった。挟み箱を背負った中間姿の峰吉の姿も、なかなか様になっている。心なしか自慢げにも見える。

門の外で何気なく見ていた嵐山は、

——あれ……？

と思って一瞬、目を擦ったが、やはり〝三毛吉〟だと分かったのか、こっそりと尾けた。

本多屋敷の門番たちは、佐伯の来訪を拒絶して追い返そうとしたが、まだ一応、勘定奉行所・公事方与力である。押し問答の末、佐伯は峰吉を伴って入った。

玄関まで出てきた本多は、不愉快極まりない表情になって、

「さてもさても、蟄居を命じられておる者が、何の騒ぎだ」

と追い返そうとした。悪辣な面構えとは、このような顔をいうのかと思えるほど、怒りや憎しみに満ちている。

「とっとと帰れ。さもなくば、御家断絶にせざるを得ぬぞ」

「私も御家人の端くれでありますれば、不行跡がありますれば、御家断絶は覚悟しております。が、それを決することができるのは、あなたではなく、上様でございます」

「なんだと……」

佐伯は玄関の土間に土下座をして、上役を立てながら、

「かねてより、お奉行には申し上げていたとおり、公事屋敷の改築の際に、隠し部屋を作るのは、断じて、お止め下されたく、改めて進言致しまする」

と言った。

「その話はもうよい。おまえには関わりないし、すでに取りかかっておる」

「私には大いに関わりあります。〝殺された〟棟梁の智蔵にも」

あえて、殺されたと強調した佐伯を、本多は口元を歪めて睨みつけた。それでも、佐伯は続けて言上した。

「公事屋敷には、関八州から寄せられる数々の訴状が置かれております。そのほとんどが、村の窮状を訴え、年貢を減らして貰えぬかとか、河川の氾濫や土砂崩れ、疫病などの災禍の折りに、もっと援助をしてくれないかという訴えでございます」

「それには充分、対応しているつもりだが……」

「さようでございますか。その是非は、今は申しますまい。私が問題としているのは、代官による不正が行われたことによる領民の訴えを、悉く排除していることです」

「……」

「江戸まで訴えにきた庄屋ら地方役人には、訴えを受けつけたことにしながら、一向に吟味せず、老中や若年寄に上げることもせず、闇から闇に葬っておりました」

佐伯の目つきもしだいに強くなってきて、

「そのことを私が追及し始めた途端……私が訴状を紛失し、あろうことか、代官からの賄を受け取っていたことにされ、蟄居を命じられました。ですが、それとて氷山の一角……民の声ともいうべき訴状を、隠し部屋に寝かしておくのは、如何なる所行でございますか」

「何の話だ……」

「あなたがしている話です。さすがに、燃やしてしまうのは、まずいと思っておるのでしょう。訴えてきた地方役人や公事宿には、控えがありますからな」

「……」

「ですから、代官の不正を揉み消すにしても、訴状は一応、取っておかねばならぬ。それを秘匿しておき、さらには……代官から貰ったもみ消し料の金も隠す場所が欲しかった」

ズイと膝を進めて、佐伯は懸命に訴えた。

「すべては、本多様、あなたの命令で行われているものです。つまり……代官らが、年貢米の石高を少なめに公儀に届け、横取りしたものはすべて、あなたが管理している……ということです」

「……」

「公事屋敷は、横領金や揉み消した訴状を隠す所ではありませぬぞ」

「知らぬな」

「ならば、これをご覧下され」

峰吉が小判を包んでいた紙切れを、綺麗に広げて差し出した。

「これは、ほんの一部でございます……」

他にもあるぞ——と仄めかしたような言い草に、紙切れを手にした本多の顔色が、みるみるうちに変わった。その表情を見て取った佐伯は両手をついて、

「どうか。不正を行ったと思われる代官を、私めに吟味させて下さいませ」

佐伯が真っ向から訴えると、本多は目を吊り上げて、相手にしか聞こえないような声で、小馬鹿にするように言った。

「正論を吐いているつもりか……蟷螂の斧とは、まさしくこのことじゃな」

そして、今度は大声を張り上げて家臣たちを呼び寄せて、

「こやつは蟄居させられた逆恨みで、勘定奉行所にて乱暴狼藉を働こうとしておる。直ちに捕らえろ！」

と命じた。

すぐさま数人の家臣が、土下座をしたままで無抵抗の佐伯を強引に押さえつけた。が、玄関の外で控えていた峰吉は、身軽に翻って逃げ出した。それを追おうとした家臣たちだが、

「そんな下郎はどうでもよい。佐伯を縛り上げろ！　こいつは謀反人も同然だ！」

と激しく罵るように、本多は声を荒らげるのだった。

屋敷から飛び出していく峰吉の姿を、表門の脇から、嵐山は見送っていた。

「――なんだ。何があったんだ……」

七

その夜のことである。本多の屋敷には、公事師の神崎が来ていた。

奥座敷にて、酒膳の前に座している神崎だが、上座の本多に対して恐縮したように、杯も持っていない。

「厄介なことになった……佐伯めの身柄を、北町の遠山が引き取りにきた」

「何故です。本多様の配下のことではありませぬか」

疑義を挟んだ神崎だが、すぐに本多は苛ついた声で、

「おまえも町奉行所の吟味方だったのだから、分かるであろう。佐伯を評定所に証人として出すためだ」

「えっ……何の証人ですか」

「分からぬか……」

「もしや……」

不安になる神崎に、本多は小さく頷いて、

「奴は……佐伯は、切腹をしようと覚悟したらしいのだが、その前に、評定所の一員である遠山左衛門尉に対して、遺書を届けておったとのことだ」

「……」

「その遺書には、ある代官の不正について記されており、勘定奉行所公事方において、その吟味をしようとした矢先、代官が亡くなったことで審議は止まった」

神崎の表情がじわじわと強張ってくるのを睨むように見ながら、本多は続けた。

「だが、代官の死を不審に思った佐伯は、あれこれと調べ上げた上で……この儂が、わざと審議を差し止めたと、遠山に書き残したのだ。その一件だけではない。他に

何件も、代官の不正を事前に吟味方に渡らぬよう処分していたことを、克明に記して、遠山に探索と吟味を委ねたのだ」

「……」

「遠山は評定所の事案として、動いていたわけだ」

「本多様も、勘定奉行ですから、評定衆ではありませぬか」

「月番ゆえな。遠山めは、わざわざ儂がそうでないときを選んだのであろう」

「――でも、証拠はありますまい……すべて公事屋敷の隠し部屋に……」

「うむ。だが、念には念をだ……家臣に取りにいかせておる。この屋敷に隠しておくのは、万が一のとき、言い訳がきかぬゆえ不安だが……仕方があるまい。遠山は公事屋敷を調べるであろうからな」

と本多が話しているところへ、家臣の田村と岡部というのが、やってきた。

「殿……ありませぬ……公事屋敷の隠し部屋はもとより、何処にも訴状が……訴状だけではなく、金も幾ばくかなくなってます」

「な、なんだと……！」

腰を浮かせて狼狽した本多は、八つ当たりぎみに杯を田村に投げつけて、

「どういうことだ。子細を申せッ」

「は、はい……ですから、隠し部屋から、なくなっているのです」

「それは聞いた。どうしてだ、何故なのだ。ハッキリ申せ」

浮き足立つ本多を、神崎は落ち着かせようとしたが、逆に感情的になって、

「おまえが、グズグズしておるからではないか、神崎！」

と脇息を投げつけた。

それを、もろ顔面に受けた神崎の表情が変わった。

「なんだ、その面は……」

「……」

「あの大工智蔵も隠し部屋だけのことではない。訴状の束を見て、儂を妙な目で見るようになった。その口封じを企てたのは、そもそもおまえではないかッ」

ここぞとばかりに本多は不満を募らせた。

「たまさか『大坂屋』という商人らが、智蔵と悶着があったから、そいつらのせいにして殺したのは、おまえたちだよなッ」

田村と岡部を睨みつけて、さらに神崎を指さし、

「その上、おまえは『大坂屋』にのこのこ出かけて、千両もの金を毟り取ろうとしたではないか。智蔵への慰謝料としてな」

「……それも、御前へのお祝儀のつもりでした。あんな貧乏人たちに千両も渡すわけがありますまい」

「たわけ。それが余計なことだったのだ」

「えっ……」

「大坂屋も、北町奉行所に届けを出しておったのだ。おまえに千両も脅し取られそうになったとな。それが、遠山の中では、何処かで繋がったに違いない」

「それは杞憂でございます。本多様は何も知らないこと……万が一、火の粉が飛んでくれば、私がなんとか払い除けます」

「調子のよいことを……」

「本心でございます。これまでも、不都合な輩は何人も、排除してきたのは私ですぞ。信じて下さいませ」

　嘘か真か、神崎は懸命に訴えた。

　その時、別の家臣が廊下を駆けてきて、

「殿……北町奉行所から、お目に掛かりたいという者が参りました」

「なに……？」

「明日開かれる評定について、前もって調べておきたいことがあるとのことです」

「かような刻限にか……」

「はい。訪ねてきたのは、佐々木という定町廻り同心と女医者がひとり……」

女医者という言葉に、神崎は少々、目が泳いだが、誰も気づいていなかった。本多は「町方など追い返せ」と乱暴に言ったが、家臣は恐縮したように、評定所役人も同行しているとのことなので、対応を誤ると後が大変かもしれぬと進言した。

「——仕方がない、通せ」

神崎や田村たちを下がらせてから、姿を現した佐々木と錦を、本多は胡散臭そうな目で見た。深々と挨拶をした佐々木は、腹の中には一物を持ちながらも、丁寧に話しかけた。

「ここに控えしは、番所医の八田錦という者でございます」

「医者がなぜ……」

「実は明日の評定所に、本多様もおいで下さいますよう、お願いに来ました」

　佐々木が言うと、控えていた評定所役人が、〝呼出状〟を差し出した。

「呼出状……何故、儂が……」

「理由は私どもには分かりません。ですが、拒否することもできます。その際は、改めて詮議するとのことです」

「なぜ、儂が詮議されねばならぬのだと、訊いておるのだ」

「それは……」

　佐々木が答えに窮していると、評定所役人の方が答えた。

「代官の不正を暴く審議を止めた件につき、とのことです。すでに評定所で事情を話している勘定奉行所・公事方与力の佐伯辰之助の証言の、真偽を確かめるためです」

「知らぬ！」

　大きく舌打ちをして、本多は苛々と感情を抑えきれぬ態度で、「帰れ！」と怒鳴った。まるで我が儘な子供のようである。

　その様子をじっと見ていた錦が、おもむろに声をかけた。

「大丈夫ですよ、本多様……評定所への呼び出しは強制ではありません。参考までに訊きたいことがあると、遠山様を始め、他の勘定奉行、寺社奉行、大目付、目付の方々が思っているだけです」

「そんなこと医者如きに言われなくても分かっておる。儂を誰だと思っているのだ」

「承知しております。本多様が評定所に出向くのは到底無理だと、遠山様にお伝えしておきますので、ご安心下さいませ」

丁寧に錦が言うと、本多は訝しんで、

「どういう意味だ」

と訊いた。

「はい。私は医師として、遠山様の命令で、本多様の〝堅固〟の様子を伺いに来たまでです。もちろん、心の方も診たいのですが……今の様子では、とても評定所で、ご意見などを言えなそうですね」

「……」

「ご存知のとおり、評定所とかお白洲に出るときは、ふだんどおりの心の状態では無理でしょう。ですが、できる限り平常心でいられるようにして、詮議して貰うのが、私の務めでもあるのです」

「知るか！　女！　何を偉そうに言うておるのだ！」

今にも暴れそうな本多を、錦は冷静に見ていて、淡々と言った。

「ここまで癇癪が酷いのは、いつものことなのでしょうか。それとも、私たちが来る前に、何かございましたか」

「うるさい！　この儂の何処がおかしいというのだ！　貴様！　許さぬぞ！」

自分で制御ができぬほど、叫び廻っている姿を見て、錦は佐々木に何やら呟いた。その態度がまた気に入らないのか、さらに大声を上げながら体を震わせた。

「本多様は、気分の波がいつも激しくて、心が極めて不安定で、常に強い苛々があって、抑えきれないようですね……これは持って生まれた気質もあるようですが、責任ある立場とか、何か思わぬ出来事によって、自分のことを冷静に見ることができない……病です」

「病、だとッ……」

「はい。誰にも起こりえることです。特に、後ろめたいことをしたときに起こります」

「儂が何をしたというのだ！」

また激しく怒鳴り始めた。自分ではまったく感情を抑えられなくなっている。単なる癇癪ではなく、他人が傷つくということにも配慮がなくなってしまう状態だ。

「気持ちを抑える薬も持参致しております。今宵、寝る前に頓服下さい。本多様は初めてですので、半夏厚朴湯（はんげこうぼくとう）と酸棗仁湯（さんそうにんとう）、抑肝散（よくかんさん）ですが、いずれも不安や緊張、睡眠を誘って、神経の昂ぶりや苛々を抑えるものですので、安心して……」

「黙れ、黙れ！　そうか、分かったぞ！　遠山は、儂を毒殺する気だな！　その手には乗るものか……おい、神崎！　こ奴らは、儂を殺しに来た不逞の輩だ。構わぬ、殺してしまえ、神崎！」

まったく興奮を抑えきれずに怒鳴る本多だが、錦は冷静に見ていた。佐々木は何かあれば、刀に物を言わせる気だった。錦はその佐々木を制して、

「えっ。神崎さんがいるのですか、公事師の……」

「それが、どうした」

興奮冷めやらぬまま、本多が訊くと、錦は納得したように頷いて、

「それで、あの時、神崎さんはこの封印小判を見て狼狽したのですね……隠し部屋

に置いていたものだと、知ってたんですねえ」

と〝三毛吉〟が、お浜に置いていったのを見せた。

「ええ、私、ちゃんと覚えてます。そうですか……この一件には神崎様も関わっていましたか。だとすると、本多様が評定所に出向くまでもありませんね」

「どういう意味だ」

「神崎様がすべてお話しすると思いますよ。ねえ、佐々木様……智蔵棟梁を殺したのは、神崎様だってことは、もう町方で調べておりますものね」

と錦が言うと、佐々木も頷いて、

「さよう。今頃、廊下に控えているご家臣ふたりの履き物の紋様も、嵐山が調べていると思います。後は、評定所の判断です」

「き、貴様ら……！」

思わず本多は立ち上がって、床の間の刀に手を伸ばそうとしたが、錦が素早く駆け寄って、ひょいと膝の裏を押して体を崩した。急に、へなへなと倒れた本多に、

「ここに、お薬を置いていきます。その興奮は一晩で収まります。冷静になったら、評定所の方に顔を出してみて下さい」

「……」

「疚しいこととか、悪いことをすべて吐き出すと、気持ちが落ち着きますよ。そしたら、また新しい生き方ができるのでは、ありませんか……これまでのことは、すべて気の迷いだと評定所には伝えておきます……それならば切腹はせずに済むと思います」

錦は穏やかに、子供に語りかけるように言うと、佐々木を促すようにして退散した。玄関の辺りで、喚く声が聞こえたが、それは神崎で、勘定奉行所に出向に来ている公儀役人らに取り押さえられていた。

数日後——。

佐伯の屋敷の厨房では、中間姿の峰吉がせっせと飯を炊き、惣菜を作っていた。それを板間で眺めながら、佐伯は呆れ顔で、

「もうよい、よい……何度、作り直したら気が済むのだ……」

「だって、旦那が美味いというものができるまで、なんとかしたいので」

「米も材料も無駄になる。飯のことはいいと言っただろ。それより、雨漏りがして

いるから、天井裏で……いや、それもいい。壊すだけだからな……ならば、ああ、洗い物をせい。だが、干すときは、きちんと叩いて伸ばしてから干せよ……おまえが干すと、スルメを焼いたようになるからな」

「黙って聞いてれば、随分と酷いことをおっしゃいますね」

「事実ではないか」

「でもね、旦那……いえ、ご主人様が本多左近将監に捕まったとき、公事屋敷から訴状と金をすぐに奪って、遠山様に届けたのは、あっしですからね。分かっているのですか」

「それはそうだが、二度と〝三毛吉〟は現れるなと申しつけたら、ハハアと言ったくせに、その舌の根が乾かぬうちに……」

「旦那のためでしょうが。あのままなら、斬り殺されたかもしれませんよ」

「ま、そう言われればそうか……」

「でしょ。だから、今度こそは、美味い味噌汁を作りますから、デンと座って待っていて下さい。ええ、今度こそ大丈夫ですから」

和気藹々とやりとりする主従だが、やはり聞こえてくるのは、

「——な、なんだ、この不味いのはア！」

と奇声を上げる佐伯の声だった。

一方、八丁堀御用屋敷の一角にある辻井家の表門には、『本日休診』という札がかかったままだった。

今日も江戸の何処かで、錦は番所医として駆け廻っているのであろう。

冬気色が広がっている江戸の町だが、穏やかな小春日和で、ほんのりと温もりのあるそよ風が流れていた。